저는 내년에도 사랑스러울 예정입니다
변윤제 시집

문학동네시인선 205 변윤제

저는 내년에도 사랑스러울 예정입니다

시인의 말

이제 세상에 없는 그 병원을 생각하면 수많은 나무가 떠오른다.

손바닥 같은 노란 잎을 매달고 선 나무. 서로의 살냄새를 나누어 쓰는 나무. 햇볕을 마구 때리고 있던 나무. 아름드리 나무, 이팝나무, 후박나무, 나무, 나무, 나무.

*

이태원에서, 신림동에서, 서현역에서, 그리고 무수히 많은 어딘가의 골목에서.

내가 아니어야 할 이유는 없었다. 그것이 때로 괴로웠고, 그것이 때로 죄스러웠고, 때때로 어린 시절 헤매던 서현역을 곱씹곤 했다. 에스컬레이터에서의 오르락내리락. 내가 알던 가장 화려한 곳.

사람들이 쏟아진다. 사람들이 쏟아졌다. 사람들이 쏟아졌기에.

*

누군가의 죽음은 공동이 함께 살아내고 마는 삶의 끊임없는 장소가 되는군요.

누구는 그것을 그라운드 제로라 부르고, 누구는 그것을 4·19민주묘지라 부르고, 누구는 그것을 한숨이라 부르고, 누구는 그것을 어떤 이름으로든 부르고, 말조차 하지 못하는 말이 그렇게 탄생하고……

　죽음은 무언가가 되어가고 있군요. 긍정인지 부정인지 모를 이 끊임없음 앞에서.
　나는 기어코 사랑을 떠올릴 수밖에 없었습니다.

2023년 11월
변윤제

차례

2부 알파카 공동체

3부 변연계—Nothing About Us Without Us

4부 Make Your Death

1부

They

내일의 신년, 오늘의 베스트

정수리에 잎 그림자 몰아치는 날
슬픔이 꼭 훌륭해야 할 필요 없잖아요

버려야 될 빗들 화병에 꽂아놓고
새로운 방식의 꽃다발을 만들어요
털 가닥이 쏟아지는 구름
무너지는 겨울 장마의 한편을 헝클어뜨릴 계획이니까요
단정해지는 건 싫어요
당신의 말에 따라 두 갈래로 갈라졌던 길
예측할 수 있는 모든 가르마에 대해
차라리 밀어버리자고요

적당히 우스워지며 실패를 사로잡는 법
나무빗의 손잡이를 잡을 때
아직도 난 빗을 숲이라 믿는 사람
화장대에 놓인 숲을 머릿속에 들이미는 사람
딱딱하고 무심한 덩어리, 빗질을 따라 흩어지는 벌레들
이 빗을 망치 삼아 휘두른다면?
당신의 뒤통수, 연약한 구멍의 어딘가를 후려친다면?
코피를 질질 흘리며 저물녘 하늘에 가닿을 거예요
피를 흘리는 일에게, 피를 흘리는 자로서

내일은 신년이니까

어제도, 내일모레도, 그제의 그제도 실은 전부 신년이니까
매일 버릴 수 있는 또다른 빚이 놓여 있고
그건 우리의 죽은 숲
새로운 떼의 동물이 매일 현관 앞에 죽어 있어요
꼬리가 지평선만큼 긴 흰쥐
벼랑을 입에 문 갈색 강아지가
매일이 선물이 아니라면 뭐지요?
그 선물이 반드시 좋다는 뜻은 아니지만요
우린 노을빛을 스스로 만드는 사람
죽은 동물을 우리 밖에 풀어버리세요
새로운 떼를 간직하는 골목들

그래요, 저는 내년에도 사랑스러울 예정입니다

음악의 편리와 료칸의 별

우리의 이어폰을 꽂으면 보인다. 책등에서 걸어나온 그 사람이 복도의 끝과 끝만 맴도는 게.

한 바퀴 돌 때마다 복도가 조금씩 길어지고.

멀리서 본다면 그자의 걸음이 복도의 양끝을 잡아당기는 것처럼 느껴진다.

발밑에서 나무 바닥이 늘어나는 소리를 읽어내면.

바닥의 옹이가 나이테처럼 커다래지고. 벽에 걸린 그림 속에서 사람들의 몸집이 거대해진다.

그림 속 손 잡은 연인에겐 서로의 손이 작은 배로 변하는 게 보일 것이다.

한 척의 나무배. 살결로 만든 그것이.

너와 있을 땐 불행의 편이고 싶다. 풍경을 보지 않고 듣는 일이 좋다.

세상에 없는 세상이 이쪽에 놓이고. 우리 귓속을 오래도록 걷는 시간. 한때 두 귓속엔 벗나무 길이 놓여 있었고.

죽은 꽃이 떨어지던 사월이 있었다. 볕을 가루로 갈아 귓불에 칠하면.

서로의 두 팔 두 다리가 희미해졌다. 에탄올처럼 세상 어딘가로 흘러갈 수 있을 것 같았다.

지금 내 눈동자 안쪽엔 복도 끝 커튼이 흔들린다. 너머는 어떻게 됐을까.

백조 모양의 욕조가 놓인 대욕탕. 회화나무가 가지를 서로 부딪치는 정원이.

모두 거대해지는 걸까. 그때쯤 나는 이어폰을 빼고 다시 복도를 본다. 아무런 일이 없고.

아까 그 사람도 보이지 않는데.

네가 어딘가에서 울고 있다는 생각이 든다. 누군가의 발소리. 한 명이 아니라 무수한 사람의 발소리.

*

불 끄고 함께 욕탕에 눕자. 어둠이 몸에 달라붙는 게 느껴질 거다. 촉감이.

허벅지 밑 출렁이는 바다 곁으로. 어둠이 흘러들어올 것이다.

여름의 미묘한 신전. 욕탕은 딱 두 명분의 그늘.

욕조 모서리에서 물결은 조금 닳아 있는 것 같고. 그 모든 걸 듣는 일.

욕조 마개를 빼며 생각해. 세상의 모든 물이 연결되어 있다면. 이 물이 강으로, 바다로, 심해로 가닿는다면.

물속에 코를 박고 죽자. 호흡을 졸여 만든 빛으로. 심해 어딘가에서 귀신고래에게 말을 보내자.

고래가 자신의 말을 하기 시작할 때까지.

말 너머의 말. 지느러미의 움직임으로. 꼬리 끝에 매달린 바람으로. 자유로운 물살에서나 가능할.

우리 함께 욕조에서 허우적거린다면.

욕탕은 한 자씩 길어져 바다가 되어 있겠지. 잎 그림자 닿을 때마다 물결치는 부위.

내 살갗엔 불릴수록 떨어져나갈 페이지가 많고.

나를 만져.

나조차 몰랐던 글자가 거기 있다면.

책등에서 걸어나왔던 사람이 욕실 유리문에 등을 기대고.

지그시 욕실을 보고 있다. 그때 나는 숨기고 싶은 것의 정면을 향해 돌진하는 사람.

해안의 절벽은 바다의 책등. 무너지고 있다.

*

일월, 내가 뱉은 침에서는 꽃차의 향이 났고.

시월, 차라리 이어폰 대신 귀마개를 하나 사서 끼는 건 어때요?

그건 아무 가능성이 없는 귀마개잖아요.

왜 속단하죠? 귀마개에서 오동나무가 자랄 수도 있어요. 잎맥 끝에서 관현악단이 걸어나올 수도 있죠.

칠월, 이목구비가 나 자신을 배반했고.

팔월, 정수리에서 머리카락 대신 송충이가 일 센티미터씩 자라났고.

 구월은, 료칸과 달의 아이.

 이월, 발목의 주름에서는 가지가 자라나기 시작했으며.

 사월과 유월, 그건 모두 햇볕이 잘 밴 까닭이라고 마침내.

 십일월, 에 대해서는 말하지 말자.

 십이월, 모든 음악은 생활의 편리를 개선하기 위해 존재
한다고 생각해버린 것이나.

양자역학적인, 인어

숙련된 기술자들은 인어를 쳐다보지도 않는다

자르고, 버리고를 반복했다
머리와 몸통을 빨리 던지는 사람일수록 직급이 높았다

태어나 한 번도 마주본 적 없던 속이 드러나는 찰나
제 몸속을 물끄러미 들여다보려는 머리통도 있었다
번개가 마르고
통 안에 자신의 상체가 떨어지는 청아한 소리
양자역학에 따르면

누군가 들여다보는 순간 물질은 하나의 상태로 고정되어
버린다고

그 말은 회칼로 인어를 자르기 전
몸통 안쪽엔 유선형의 빛, 가시 사이 퍼져나가는 잔향
태초에 탄생한 부모에게서 온 파동이나, 먼바다를 헤엄치
던 지느러미 입자와 가능성이
정말 존재할 수 있다는 뜻이었으나
머리와 떨어지자마자
그것의 육체는 통조림용 생선의 일부로 변해버렸다

월급을 받지 못한 어떤 날엔

음식물 쓰레기봉투에 잔뜩 쌓여야 할
그들의 머리를 들고 집에 돌아올 때도 있었다

속살이 부드럽고, 깊고
버려진 것이기에
여전히 대가리로만 남을 수 있던 그것들

저녁 식탁
그들의 머리는 매운탕 국물 속에 겹겹이 중첩되어 보이
지 않았다
숟가락에 고인 진한 국물 어딘가에서
내 얼굴이 겹쳐 보이기도 했다

대가리탕을 끓일 때
넘친 양념이 그들의 눈을 감겨줄 때도 있었고
물결치고, 들썩이고, 뒤섞이며 머리통은 한 그릇 요리로
재차 변해가고 있었고

귀신고래의 마을

애초 증조모가 내게 맡긴 일은 고래의 귀지가 될 만한 파도를 수집하는 일이었다.

그녀와 같이 고래 귓속을 걸으면 천장의 선홍빛이 귀지에 내려앉고.

부스러기마다 불이 들어와 밤에도 사방이 어둡지 않았다.

고래 귓속에 무엇이 들어올 때마다 새로운 장소가 발견되곤 하였다.

꽃의 씨앗이 닿아 초원이 된 고막.

귓바퀴 소용돌이를 하릴없이 걷자 트랙이 되었고.

그녀와 함께 종일 걸으면 사지에 소용돌이 문양이 돋기도 했다.

나는 불이 들어온 귀지를 들고 고래의 외이도를 탐험했다. 파도 무늬가 그려진 귀지.

처음엔 푸른빛이었으나, 점차 황금빛이 감도는.

그러다 혈색에 닿으면 핏줄이 돋는 그것들.

내가 부스러기에 얼굴을 가까이 대면 두 볼에 붉은 기운이 선명해졌다.

광대 안쪽이 마그마가 흐르는 것처럼 뜨거웠고, 이내 온몸이 싸늘해졌다.

증조모는 그럴 때 내 목덜미를 낚아채 고래 귀 바깥으로 집어던졌다.

밖은 노을의 너머와 맞닿은 곳. 지평선 아득한 곳에서 집까지 헤엄쳐왔다.

학교에 나가지 않았다며, 매타작이 쏟아지는 집.

지붕 휘감은 넝쿨이 허름한 집을 달아나지 못하게 하는.

증조모를 만나고 왔단 얘기에 부모가 고개를 저으면.

그들 귀에서 귀지가 떨어지는 모습을 볼 수 있었다. 부모의 귀 안쪽에도 누군가 걸어가고 있을까.

내가 아직 보지 못한 나의 아이라거나.

그들 귓속엔 회초리 소리 몰아치는 숲, 칼날 서걱이는 정원이 있을지도 몰랐지만.

다만 그들의 귀지를 모아 고래 귓속에 데려가보고 싶었다.

그러면 고래는 어떻게 될까. 나를 받아들인 고래가 처음 만든 장소가 어디였을까.

기억나지 않는 그곳이 무척 궁금했는데.

시간이 지날수록 더 많은 귀지가 필요해졌다.

고래 귓속에서 증조모는 더 깊숙한 곳으로 걸어가고. 내 몸은 커져 들어갈 수 없는 곳이 늘었기에.

좁은 곳에 몸을 밀어넣을 때, 이런 소리가 들렸다.

겨울이 왔다. 고래 귀지에 꽃이 피는 계절이야.

—　　이파리가 무성할 때, 고래는 숨을 거두고 대신 심해 깊숙
한 곳에서 다시 태어날 수 있단다.

　고래가 가라앉은 바다에 빛이 들어오리라 생각했다.
　선홍색 불빛이 U자형을 그리며 내려앉고. 물살에 불이 붙
은 것처럼 환해질 때.
　멀리서 보면 물결 사이에 새로운 핏줄이 생긴 듯, 빛이 들
어오리라고.
　나는 더이상 들어갈 수 없는 고래 귓속으로 내 큰 몸을 힘
껏 밀어넣었고.

체류자들

인도에서 온 아디타

냉장고에 넣은 여권은 기한이 줄어들지 않는다고 믿는다. 아디타의 여권은 늘 차가운 곳. 케밥을 파는 그는 자신을 터키 사람이라 소개한다. 며칠째 팔리지 않는 양고기에 기름을 덧바르면서. 그것이 회전하는 걸 보면서. 주전자에는 끓고 있는 편지. 수증기가 올라오자 종이 접히는 소리. 당신 불법으로 온 거 맞잖아. 유통기한이 지난 거라고. 배탈이 났다는 남자가 아디타의 뺨을 갈긴 적이 있다. 두어 번을 더 후려갈겼다. 노래를 부르며 양고기에 기름을 바르는 아디타. 기름기름. 고기고기.

안부의 나라

손님이 정말 많은 시장이었대요. 아무도 없어요. 어떤 날엔 제 가게에만 비가 내려요. 일인용 먹구름, 일인용 우울, 일인용 불법체류, 일인용 범법자. 단 한 명도 앉힐 수 없는 비좁은 가게. 흰 앞치마를 입고 행주를 위로했어요. 정육점 전단지를 위로했고. 뚝뚝 떨어지는 기름방울을 위로했고. 위로를 위로했습니다. 부친 돈은 잘 갔나요. 제가 전화를 걸면 아무도 받지 않습니다. 제 소식을 걱정하기엔 그곳이 너무 행복해져서. 그 찬란이 영영 안부가 되어서.

일자리 소개소의 창가

우표로 쓰기에 적합한 증명사진들. 시장 골목마다 내가 데려다놓은 체류자들. 휴지에 항공권을 그려 선물해주었다. 오랫동안 비행기를 타고 왔다던 사람은 앉아서 잠들었다. 하이힐을 벗겨주었고. 패딩을 벗겨주었고. 또각또각 그 사람의 구두가 그자를 버리고 가는 걸 보았다. 비행기는 대체로 어항 속에서 날고 있다.

대필

아디타는 돈을 많이 벌어요. (받아 적는 척한다.) 어제와 그제가 구별되지 않을 정도로 바쁘게 살고 있어요. 눈 내리는 식혜 속을 함께 거닐고 싶어요. (……) 오늘은 물론 항상 기분이 좋아요. 잘 안 보이던 눈도 제대로 보이고요. (그는 머뭇거린다.) 정말이에요. 제 걱정은 저를 걱정하는 사람들이 걱정이에요.

소개소 창가엔 언제나 뿌연 안개. 제대로 쳐다보면 빼곡히 흰 우표가 붙여진 창문. 걱정과 염려가 실질적으로 이곳의 눈을 가린다. 괜찮습니다. 말하는 사람의 입속에 어두운 복도가 보이고. 괜찮습니다. 다시 들려오는 소리 속에서 복도에 구멍이 뚫리고. 그 복도를 오려내는 건 빛나는 가위.

편지를 부치지 않는다.

유통기한

어느 날 세계지도가 그려진 거울이 배달되어왔다. 가장 먼 나라부터 지우기 시작했다. 한 체류자가 거울을 냉장고에 집어넣으려 하는 것을 보았다. 말리지 않았다. 그들이 안타깝게 여겨질 때 그들을 더욱 이용한다.

─ 것들

─ 것들.

창과 그리고 스키드 마크와 낮. 사지가 구부러지는 십자가 네온사인을 보며. 번역가 친구의 말. 끔찍함이라는 단어를 번역 못하는 언어는 세상 어느 곳에도 없다는 것이. 의자의 가장 반들거리는 모서리. 오히려 견딜 수 있는.

우리는 벤치에 주저앉아 끝없이 말을 했지. 서로 벗어날 수 없는 기억에 대해.

것들.

어쩌면 기억이라는 공원이 있어, 거기 도착하려고 하는 두 산책자처럼.

오늘 기억은 비색 다기 세트.

생각의 집을 짓다 우연히 발견한.

가루로 박살내 약물에 타 넣었다. 한입에 털어 마셨다.

것들.

포자처럼 팔 위에 일어나는 무늬. 햇살이 전염된 나무의 자들. 핏줄 속에서 드러나는.

이렇게 말하다보면 끔찍함에도 사생활이 있다는 게 믿어지고. 아무리 걸어도 끝나지 않는 커다랗고 작은 나무배. 확실히 볼 수 있는 것들이야말로 오히려 믿어지지 않는다는 말이 그렇게 오래. 멀리서 아이들이 내린다. 삼각모를 쓴 미

니버스. 비닐을 쓴 거북이 모자.

우리는 서로의 기억으로 가면을 만들어 각자에게 씌워준
다. 걸어나간다.
가면은 천천히 정말로 얼굴이 되고. 오해가 오해로 남아
끝내 이해가 되는 순간처럼.

우리 얼굴에는 비색 물결무늬. 서로의 수면에 손가락을
넣고 새로운 마디를 만들어내는 일로.
우리의 본래 지닌 얼굴은 두 손에 가면으로 나눠 들고.
것들.
비로소 약효가 떨어지고 있었다. 기억. 정지된 장면 속에
서 도기로 만든 비가 내렸다.

게스트 하우스에서의 한 달

1

죽은 머리카락을 기르는 세면대. 깎자마자 죽어버린 손톱, 발톱. 유리병에 모은 그것들을 물에 흘려 내린다.

'사람은 서서히 죽는 게 아니라 조금씩 죽는 거라고 생각해.'

우리의 죽은 입술 자국과 죽은 입술을 포개놓으면 오히려 살아서 몸부림치던.

각질을 끌어당기는 잎맥으로 청소를 했다. 정전기가 오르듯 튀어오르는 흰 가루.

앞으로 가볼 곳들에 대한 여행기를 미리 적는 것. 우리의 버킷 리스트는 죄다 틀린 예언이었다.

2

이곳의 정원엔 햇살이 바닥에 있다. 밑으로 휘어지는 가지를 지닌 나무.

'99년에 세상이 멸망한다고 했잖아. 세상 사람 모두가 죽기 직전의 꿈 속에서 살고 있는 게 아닐까.'

라스 폰 트리에의 영화가 상영되는 스크린. 집안에는 빛줄기가 꽂히는데.

바다엔 글자로 된 눈이 내리고 있었다. 내가 모르는 말들이 파도 속으로.

순간의 주마등에 사로잡혀 평생 그 빛 속에서 살고 있다고 생각한다면.

중력을 헤아리는 나뭇가지들. 먹구름이 몰려올수록 바닥에 완전히 젖어드는 햇빛.

영화를 끄고 천천히 창문을 독서하기 시작했다.

3

멀리 뛰어야 하는 선수, 장대로 높이 날아야 하는 선수, 장애물을 뛰어넘어야 하는 선수.

각자 다른 종목이기 때문에 오히려 서로를 잘 보살피고 있다고 말했다.

아침이면 바닷가로 뛰어가는 선수들. 분주함과 문도 채 닫지 않고 나가는 다사다난이.

그들이 묵는 방을 더없이 죽어버리게 했다. 오전 내내 방은 어떤 생각을 하는지 짐작하고 싶어진 사람처럼.

고요했다. 그들이 치워놓은 해진 운동화가 그들을 버리고 창밖으로 뛰어내리는 걸 보았고.

다음날 새 신발이 되어 신발장에 돌아온 걸 보았다. 나는

─ 가끔 그들 방의 흰 곰팡이 얼룩을.

한참이나 겨눠 보았다. 방이 나를 노려보고 있다고 느껴질 때까지.

주인은 죽고 싶다 적은 쪽지 몇 장을 가끔 치워야 했다고 말했다.

'나의 위로는 꿈꾸는 사람이나 그래서 죽고 싶은 사람을 상대하느라 너무 지쳐버린 것 같아. 위로하는 나를, 아니 위로를 위로해줘. 누구를 보살피느라 위로 자신을 돌보지 못한 그 위로를.'

4

사방이 입구로만 이루어진 복도를 걷고 있었다. 어떻게 나가더라도.

다시 들어와야 했다. 이렇게 기나긴 통로가 게스트 하우스 안에 있었다니.

어떤 문을 열자 하염없이 파도가 치고 있었다. 옷장 속에 내린 비가 넘치고, 끝없는 해일.

내가 배수구였다면, 하수처리장이거나, 구멍이었다면 좋았을 텐데.

그러자 가슴에 커다란 마개가 열리고 소용돌이치는 비구

─

030

름. 뒤돌아 다른 문에 기대자   —

*

'죽고 나서야 비로소 다시 시작되는 사람들도 있어. 네가
그랬잖아. 네가 그렇잖아. 네가 네가.'
  손님으로만 이루어진 가족 속에서 살고 싶었다.

  게스트 하우스에 도착해 방을 치웠다.

인도식 키친
—눈물이 마음으로부터 눈으로 나온다면, 모든 물은 아래로 흐르는데 왜 유독 눈물만은 그렇지 않은가*

슬픔을 헤아릴 때마다 한 칸씩 층계가 늘어나는 계단. 가쁜 숨으로 방에 돌아가고 싶으면 잠시 울었다.

내 절망은 항상 나를 편들어주었다. 오래된 신사가 보이는 창가.

죽은 벚나무의 재 냄새. 깊은 밤인데 신사에 들어가는 일본인 연인이 보였다.

단출한 일본의 가정식. 저녁을 차려주는 민박집은 인도풍의 부엌을 안에 품고 있다.

멀리서 보는 창문 너머로 이 나라에서 보기 힘든 빛깔이 흘러나갔다.

자꾸만 길고 검은 털을 뱉어내는 개수대. 친절한 노부부는 흰색 머리카락.

이 털은 누구의 것일까. 밤새 캄캄한 배수구를 울면서 올라오는 벌레를 상상했다.

새벽엔 흐느낌으로 움직이나 햇빛을 받으면 바싹 말라 머리칼이 되는.

삼층 방을 발견한 건 우연의 일. 기나긴 계단을 따라 올라가야 했다.

먼짓덩어리 같은 것이 반딧불처럼 빛나고 이상한 얼룩이 벽을 수놓고 있었다.

이렇게 긴 층계가 집에 있단 걸 노부부도 알고 있을까. 이
내 인도식으로 꾸며진 큰방이 나왔다.

바닥에 깔린 커다란 카펫이 흘러가는 강물처럼 보였다.

느린 강의 물살처럼 자꾸 접히는 부분이 있었다. 바라볼
때마다 달라지는 부위.

너무 넓어서 카펫이라는 것을 잊을 것만 같았다.

그곳엔 만화책이 꽂힌 서가. 책등의 그림이 근사해 뛰어
들고 싶은 책들.

삽화 속에서 한 사람이 눈물을 흘리며 걸어나왔다.

다시 그림 속으로 되돌아가는 느린 산책. 방의 모서리에
서 모서리를 걷고 돌아가는.

그 방을 내려갈 때 계단은 몇 배나 더 길어져 있었다.

작아 보이는 이 집엔 가지각색의 방이 숨겨져 있었다. 그
에 걸맞은 다양한 창가도.

집은 좁은데 방은 수십 개가 넘었다.

서로 다른 각도에서 쏟아지는 빛을 한 장씩 쬐어보았다.
빛이 전혀 들어오지 않는 방도 있었다.

햇살도 외면하는 창 밑에 앉아 눈부신 복도와 더 환한 바
깥을 바라보았다.

이 방이 집의 눈물샘이라는 생각을 했다. 해가 기울자 방
밖으로 흘러내리는 어두운 샘물.

노부부는 날마다 변하는 층계를 무심히 올라와 이불 따위
를 털어주었다.

　잠이 들 때면 그들이 남긴 털고 쓰는 소리가 천장에서 비
처럼 흘러내렸다.

　* 심노숭.

히노끼 욕조의 피날레

창밖 눈보라는 파스 냄새 진동합니다. 욕조에 담아놓은 호수가 증발하고 있습니다.

저는 새. 두 날개는 나는 일보다 욕조를 젓는 데 많이 써요.

깃털 밑 파문이 물그림자를 그리는 일. 저 대신 욕조가 날아오르는 일.

료칸은 제 깃털로 뜬 공장 지대. 샤워 커튼을 젖히자 무지갯빛 깃털이 쏟아지고.

목욕 솔로 목구멍 밑 눈보라를 닦아내요. 가만히 있어도 혼자 쌓이는.

구름은 아직도 숨을 참고 있어요? 깃털이 혀 밑 종기에서 자라는 거예요?

오늘은 그 종기를 떼어 숙소의 방을 만들라 하네요. 아무것도 없는 낭떠러지. 던지면 쑥 하고 폭발하는 것들.

붉은색이 낭자하면. 또다른 료칸의 복도가 펼쳐지고. 귀를 갖다대면 두근거리는 바닥이.

나무 바닥의 입을 빌려 낭독합니다. 사장님, 여보, 큰 개, 외제 승합차. 제 바닥을 중국산 벨트로 때리는 사람.

바닥을 마음껏 때리세요. 삐걱거림 속에서 빛이 묻어나오는데. 아, 그냥 때리지도 마세요. 물결이 숨을 죽이면.

혀를 티슈처럼 뽑아 쓸 수 있어요. 얼굴을 닦으면 두 볼에서 백태가 돋고. 닦을수록 축축합니다.

마음에 들어라. 뺨과 턱의 무늬들. 미간에 쌓이는 허연 퇴적층. 더. 더욱더!

부리에서 구름을 뱉는 순간. 밤바다에 자욱해지는 안개.
파도 밑 스며든 연기는 무슨 음모를 꾸미는 걸까요? 함께할 수 있나요?
작고 조밀한 심장은 계단이 되어야 합니다. 누가 좌심방의 아랫면을.
두드리는 거죠? 탁. 탁. 톡. 오히려 경쾌한 리듬. 누각에날아가 발 디뎌봐요.
흔들릴수록 신나죠. 위태로울 때 가장 날아오를 것 같고.
바다 절벽. 추락하는 힘으로 비상하는 구시로 두루미. 두마리의 새. 하늘에서 몸을 비비는.
이슬이 묻어버린 건 제게서 달아난 풍등의 빛.

*

오늘은 욕장 대청소를 하는 날. 제 날개는 빗자루. 제 날개는 대걸레. 참 용도가 많지요.
가끔 천장에서 불붙은 돌이 쏟아지고. 멍하니 부리를 치켜올려요. 입을 벌리면 불길이 옮겨오고.
뱃속까지 차라리 시원해지지요. 떨어지면 사라지는 돌.
료칸은 참 아름답지요? 절경은 대개 습기 찬 복도를 가지고 있으니까요.

오소소 비늘이 돋는 머리. 왜 항상 잘못한 것 같지요?

필요가 없어요. 그런 죄는. 당신이 건네준 선물이잖아요?
다만 그늘이 누웠던 자리를 쓸어보는 심정으로.

부드럽게 욕조를 청소하는 소리. 갈아버리는 소리. 가루
가루 요란하게 쏟아지네요.

료칸이 구름이 되고 기일이 생일이 되고 사과가 비가 되
고 새가 다시 새가 되는 때.

대욕장. 해가 뜨지 않기에 지지도 않는 방. 어둠에 세 들
어 사는 게 희망이라고요? 어루만지면 그을음이 묻어나오
는 물살들아.

불 꺼요. 욕조에 고여드는 어둠에게. 좋은 꿈이나 꾸라 말
해줍시다.

2부

알파카 공동체

아웃 복서
—알파카 양의 답장

거기, 이곳이 안전하다 믿는다면 봐
턱 밑의 구름들 녹아내릴 때
목은 머나먼 봉우리 찾아 길쭉해지고
끝내 싸우던 침샘도 말라버렸지
마쿠노우치 잇포의 은퇴를 기억할는지
리얼을 믿다니, 설마 사랑도 믿니?
내 눈앞에 너 아닌 내가 없는데, 그런데,
가지를 버리자 꽃이 피는 종려나무
혓바닥에 꽃망울 맺히는
여긴 또 어디?
한 잔의 소주가 내리는 녹색병 가로질러
눈보라 치는 팔월에 오고 싶어
다시 돌아와야 하는 곳
방금 눈앞에 돌아온 고양이가 희박한 숨소리로 변하는 곳
그러니 희디흰 털 가운 걸치고
나는 사각의 링으로 전진하는 거야
날 위해 울어버려요, 성남시
네가 바라보던 바다에 나는 도착한 적 있거든
어느 날 저녁엔 날 기억해줘
몸 어딘가에서 갑각류의 껍질이 발견되는 날
사람들을 떠올리면 에네르기 떨어지겠지만
별안간 창틀이 떨어지고
멍하니 사과를 씹고 있는데

거기 동해 쪽에서 천천히, 새 한 마리가 다시 왔네
빛 속에서 땀샘의 한 톨까지 끓어오르고
하늘을 오래 바라본 내 눈동자
구름으로 변신한 순간에
나는 돌아볼 거야, 마침내 돌이 되어 굳어버릴 거야
카운터펀치를 날려, 박살날 거야
알리얀추(Allianchu), 날 위해 우는 걸 허락합니다
고양이가 있었단 증거 따위야 있건, 말건, 그러니까,
가이사의 것을 나에게
구름의 것도 나에게
나는 지쳐버렸기에
영원히 구름의 스파링 파트너

주식회사 알파카 건설

복슬복슬 털로 구멍을 만들어버렸어요. 애초 주셨던 건축
도면은 잘 씹어 먹었고요. 여보세요?

죄송합니다. 추락하는 중이라 잘 안 들려요. 뱃속에 자꾸
종이비행기가 날아올라서요.

내장이 구불구불 하늘이 되는 기분.

구멍에 쑥 하고 한번 떨어져봤어요. 곤란하시다고요? 그
건 우리 회사 사훈인데요.

돈을 못 주시겠다고요? 아니, 우리도 잎맥만 뜯고 못 살
아요. 이를테면 창문을 좋아하는 알파카는 창유리만 담당
하죠.

심지어 빌딩 없이도 허공에 창문을 박아 넣죠. 그러면 수
천 개 태양이 공중에 둥실 반사되어 떠올라버리고.

허상이라고요? 믿음은 다 진실입니다. 우린 네 다리로 에
어 워크도 한다고요.

죽은 노을빛을 건축하는 건들건들. 공기 사이로 복슬복슬
철근 구조대를 빚는.

숨을 쫙 들이켜보세요. 원하셨던 건물이 가슴 안에 들이
찰 겁니다. 그 방은 너무 꿉꿉하지요?

무언가 메시지 담긴 건물을 자꾸 요청하셨잖아요. 어차피
그건 못 지었고요.

짜잔, 저희가 바로 메시지입니다. 여물을 우물거리면 흰

색 종소리 퍼지는 두 눈.

얼굴에 햇살이 비치면 소외되는 기분. 떨어질수록 뾰족해지는 귀는요.

사랑스러운 절망의 안테나. 사장님, 구멍이 이렇게나 길어졌는데.

일했으면 돈을 줘야죠. 높은 빌딩은 못 지었지만, 더 깊은 구멍이잖아요. 싫으세요?

아랫배에 만월을 모셔놓은 우리의 라마단을 보여드릴까요?

보름달은 본래 욕조 마개고. 안데스보다 높은 건축물은 없죠.

사라질수록 완성되는 우리들의 건축 기술.

구멍이 지구를 관통한다면?

안데스 보름달에서 뿅 하고 사장님이 튀어나오신다면? 구멍이 아니라 천상을 발아래로 거머쥔 셈.

돈은 안 주셔도 되겠습니다.

지금부턴 구멍이 우리 회사 주식. 양보할 수 없겠어요. 차라리 사장님도 알파카가 돼보시는 건 어떠신가요?

간단합니다. 알파카! 하고 외치면

온몸에 구멍이 뚫리고요. 복슬복슬 털이 자란다고요.

거북목 척추가 일자로 펼쳐지는 소리. 머리를 잘 쥐어뜯는 자세.

　　몽실한 안개 안경을 늘 쓰고 다니는 사람. 이미 우리 복슬 건축 노하우를 익히고 계신 거예요.

　　여기가 바닥이라고 생각될 때. 차라리 밑으로 파고 내려가는 기술을.

　　이빨을 딱딱거리면 누런빛이 풀려나가는 주둥이. 아, 잠시만요. 벌써 그렇게 알파카인 척 굴진 말고요.

알파카 부인의 안데스
—나는 신이 아픈 날 태어났습니다*

아뇨, 전 주방 세제가 다 떨어진 날에 태어났는데요. 행주를 비빌 때 나는 마찰음. 푸른 열 자국에서.

수세미에 불어터진 살갗이 벗겨질 때. 손에 발굽이 보일 때. 그릇 두드리면 과일 향 번지고.

나 자신이 누구인가를 알아챌 때.

이토록 목이 길고. 귀는 쫑긋 서 있고. 침을 잘 뱉는 내가 누구인가를 마주볼 때.

핥으면 죽는 과일인데요. 먹어보겠어요. 그저 과일을 흉내낸 냄새. 눈을 감았다 뜨면.

어쩌면 부엌은 가짜들의 골목. 줄기가 자라버린 그릇. 사과 냄새 매달린 접시까지.

그러니 탄생이 가능합니다.

두 팔을 두 다리로. 온몸에 털이 자라고. 부엌의 바닥. 아니, 거의 맨틀이라 볼 수밖에 없는. 지옥이라 불러도 될 지하에서. 땅이 융기하면.

더 가능해지는 네 개의 다리.

사이에서 남미식 키친에 당도한다면. 얼룩을 지우고 있는 자. 얼룩을 사라지게 하는 자.

그러니까 불가능해지는 얼룩. 희미해지는. 투명이 되는 얼룩. 그것은 바로.

더욱더 오세요. 그게 나. 우리가 사람이었다고요? 그렇게 살았으면서도 그렇게 믿어요?

그런 말은 알파카나 줘버리라고요. 목젖 뒤의 거리가 있고. 거기까지 넘어오세요. 오세요. 눈에서 연기를 뿜으며.

가능해지세요. 이 부엌은 골목의 봉우리. 솟아올라 도시를 산맥으로 만들 정상. 능선을 잇댄다면. 당신의 어깨 곁에.

우리들 모든 손목 능선에. 이 능선이 가닿는다면.

식칼을 쓰며 나는 손을 베였습니다. 사실 안 쓸 때도 베였습니다. 당신을 마주볼 때.

극장에서. 거리에서. 동사무소. 뒷골목에서. 카페에서. 개가 짖는 노을 옆에서. 꽃무늬 담벼락과 들쳐지는 바지와.

막말을 건네는 택시와 식당에서. 곁과 곁.

물에도 날이 달린 이 도시에서. 당신은 왜 그렇게 목이 긴가요? 침을 왜 뱉나요? 왜 그렇게 우나요?

나의 털 속으로. 서슴없이 파고든 무수한 손가락.

이런 건 안 좋은 습관이라니까. 깨끗하게 부엌을 관리해야지.

퉤퉤— 이 침 뱉기는 설거지를 위해 쓰입니다. 뱉는 소리와 함께 쓰레기봉투 벗겨지고. 내가 알파카가 아니라면?

아닌 거죠, 뭐.

다시 퉤, 소리에 맞춰 씻겨나가는 것. 내 방식대로 깨끗해지는 것.   —

* 세사르 바예호.

알파카는 대필 작가

저는 머리카락을 베껴씁니다.

동틀녘 한 올씩 탈모가 진행되는 하늘 저편에서부터. 검은 잉크를 길어오는 작업. 해골이 뒤덮은 안데스.

그래요, 머리뼈 안에 갇혀 적는 글입니다.

이 머리칼은 선배 알파카가 건네준 것입니다. 흘림체로 춤을 추면 덜커덩 흔들리는 방.

근사한 뿔이 자란 선배 알파카의 머릿속.

그는 마구 지껄입니다. 심장에 맺힌 힘에 대해. 더 밀고 나가야 하는 용기에 대해. 믿음에 대해.

순진한 알파카들 사이에서 그는 달려나가고. 그런데 심장엔 굵은 털이 자라고 있어요.

아니, 온몸에 머리카락이 자라고 있어요. 그러면 그는 똑똑 문을 두드리며.

자 이건 너의 것. 네가 받아 적어도 되는 것. 싹둑 찰랑이는 머리칼을 건네줍니다. 이런 건 죄도 아니야.

잘못마저 선별해 가르쳐줄 수 있는.

그는 알파카들의 알파카. 그런데 제가 알아줘야 하나요?

그 꼭대기는 숨쉬기 힘들다는 걸? 털이 자랄수록 오히려 추워지고 희박해진다는 걸?

당신 두개골 안에서 항상 과호흡 상태인 내가?

호흡이 가빠지면 잉크를 차라리 등허리에 발라요. 그러면 갈빗대 사이로 물 떨어지는 소리.

타원형의 몸통. 나의 터널에서 어둠이 울리는 소리.
여긴, 선배 알파카가 한 번 변명하면, 수천 번 그 변명이 되울려오는 곳.
가져가요. 이건 저의 메아리가 아니잖아요. 아직 채 자라지도 않은 나의 종유석. 예리한 송곳을 위해.
소리를. 나만의 그늘을. 전부 돌려주세요. 이런 출렁거림은 가짜라고요.

이건 어둠도 아니에요. 그냥 새까만 머리칼의 강물.
불온한 게 아니라 불결한 것.
저는 안데스를 거꾸로 쳐들고 편지를 써요. 어둠을 한 올씩 하늘에 돌려주는 글을.

오늘 산맥을 통째로 대필할 거예요. 알파카가 모조리 공중에 쏟아지고.
몽실한 태양이 갸웃거리며 저무는 모습. 적반하장은 언제나 시적이잖아요?
아, 그래서 그러셨군요? 메에— 하고 울면 퉤퉤 침을 뱉는 건, 쑥 하고 일어난 안데스산맥.

비송식 체조 교실

회원들은 말이 없었죠. 새우깡을 파는 동물병원 앞에서. 강아지 대신 목줄을 산책시키는 사람 앞에서.

체조가 시작되기도 전에 등이 홀딱 젖어버린 선생. 그래요. 제 앞에서.

내가 회원이라고 말해버렸나요?

형이요. 삼각형을 완성하는 등 근육. 더듬으면 절벽이 되어가는 대흉근. 그래, 당신 말이에요.

그 몸은 체조에 적합하지 않아요. 아무래도 강력하다고요.

굴곡을. 하나의 몸이 또 한 개의 곡선을 표현하는 방식에 대해서요. 우리 체조의 완성은.

둥그런 머리와 네 개의 다리. 비송을 따라 하는 자세. 그런데 말이에요. 형은요.

형은 체조 교실에 나왔습니다. 그것도 매일같이요. 내가 뒤에서 지켜보던 것을 알았을까. 어쩌나. 저 단단한 육체가. 체조를 거듭할수록 체조와 어긋나는 것을 보게 되는데. 장딴지도 종아리가. 어깨와 복근이. 체조를 반복할수록 체조의 무언가를 왜곡하는 것처럼 비치는데.

체조라는 건 당신의 무엇이었을까요. 비송식 체조라는 점에서 귀엽잖아요. 우리의 선율이. 표현해내고자 하는 방식이. 사랑스럽잖아요. 불가피하게 사랑에 빠졌다는 이 말인데요.

어느 날 말이지요. 전신 거울에 비치는 당신의 눈이 날 향한다는 걸 알아채면서 말이지요. 반전의 서스펜스가 흐르기 시작하는데요. 나는 핥는다. 우리의 디스코를. 비숍을 끌어당겨 제 심장을 망치는 사람처럼. 무늬가 도는 팔뚝.

우리라는 것이 시작되어버렸습니다.
주고받는 시선 속에서.
그뒤로부터는 우리의 연애.
후지 필름에 치즈를 올리고 씹어 삼키면.
동공에 인화되는 풍경.
그러니까 형의 말을 경청했다기보다는. 그것은 모두 이제 나의 말이나 진배없다는 생각이 드는데.
근육질의 한 남자가 체조할 때.
타이트한 피트의 레깅스.
비숍식 체조라고 할 때의 이 어감에 대해.
당신이 욱여넣는 허벅지를 받아들이면서.
곱씹게 되고 말았는데요. 벗어나고 싶었어. 벗어난다는 사실에 대해서도 벗어나고 싶었어. 그런 형의 되뇜이.
이젠 내가 했던 말처럼 느껴지는데.

비숍을 심장 가까이 끌어당겨 결심을 다짐하는 사람.
그러나 나는 결심하지 않을 거예요. 이런, 벌써 하나의 결심이 시작되고 말았지만.

강아지는 물지 않아요. 흰색의 순한 등. 무는 건 언제나 사람들이죠. 다정한 척 가볍게.

개의 머리를 풍선이라 믿는 일처럼. 숨을 불어넣으면 날아오를 거라 생각하는 것처럼.

주저하지 않아요. 물어버려요. 이빨을 내미는 순간 시작되는 체조입니다.

어떻게 이별할 때 선물을 주지요? 흰색 강아지를 안겨주다니.

오늘의 아픔은 너무 귀엽잖아요?

체조라는 것이. 한 사람의 인격과 젠더로서의 기질과 품격에 대해. 가르치는 방식과 꽃과 넘어섬과. 휴지 한 장의 세계와. 소나무와. 체조로서만 가능한 사랑의 이륙과. 수건 한 장을 둘이 돌려 씀과. 이런 풍경에 대해. 반박하는 사람들에게. 개처럼 짖어.

라고 명령하는 자들에게 차라리 개처럼 물겠어요. 대답하는 시절과.

이제는 비숑을 놓아주며 다시 생각해볼 시간. 비숑식 체조가 아니라 진짜 비숑을 안으며. 이 심장과 심장의.

둥글고 흰 얼굴과 마름모 창백한 낯빛의 조우를.

형의 체조는 거의 로봇의 체조에 가까워졌군요?
비숑이라뇨.

못된 알파카 친구들에게

천사가 된 알파카를 용서하러 떠난 친구야. 여전히 여긴 분노가 쏟아지는 화폭이다.

몽실한 털이 자라는 계단을 그려놓고.

끝까지 올라갔다 생각하면 시작되는 층계가 있어.

시선을 돌리면 벌써 안데스의 꼭대기.

너는 자전거에 불을 질렀었지? 굇바퀴에 불붙는 소리 둥글게 옮겨붙었었고.

보고 싶은 오해가 산사태를 만들었네.

도달한다는 게 뭔지 알 것만 같았고.

그때, 우린 전구 가게를 털기도 했지. 백열등을 씹어 삼켰지. 특이한 건 멋진 거라 믿었기에.

힘이 센 알파카 형들을 동경하며. 아무데나 오줌을 갈겼지. 누군가 혼내러 오면 고개를 갸웃.

귀여운 표정으로 도망을 쳤고. 키치한 범죄자를 꿈꿨을 뿐이야?

아름다움의 이름으로, 모든 걸 일찍 배워버렸다.

밤에는 자꾸만 목이 길어졌고. 머리가 깨질 것 같을 때.

정수리에서 뿌리가 기생충처럼 흘러나오는 걸 볼 수 있었다.

날개를 달았지? 멋있을 줄 알았는데. 날개 달린 알파카는 어쩐지 끔찍한 형상.

　네가 없으니 빛나는 이야기밖에 쓸 수가 없어. 밤이 되어
도 모든 창문에 해가 떠 있고.
　전구를 너무 많이 삼켰나. 미간엔 경고등이 들어오지.
　변기마저 환하다. 똥을 싸도 사방에서 손뼉을 치는 것 같
은 기분. 엉망진창으로 존경받는 거지.

　죽음의 안부를 되묻는 평범한 화폭.
　우울하단 이유로 우리 행복할 수 없겠지만, 적어도 불행
해지진 말자. 다시 고개를 갸웃.

우리의 명랑한 얼룩무늬

우리는 얼룩무늬를 집으로 삼아요. 수도꼭지를 돌리자 벌레가 쏟아지는 길몽. 그리고 다음날.

말의 갈빗대를 열고 속으로 들어올 수 있었지요. 머리에 죽은 꽃을 기르는 얼룩말 무리.

햇살을 쫓아 다그닥거릴 때마다 작은 집이 흔들렸어요. 출렁거림이 노래가 됐습니다.

더욱더 리드미컬해지고 싶었죠. 한데 햇살이 창처럼 꽂히는 무늬 안. 무심코 빛을 마시자 아랫배에 조명이 켜졌고.

그때 얼룩은 두 볼의 습진. 스포트라이트를 게워내는 입을 다물지 못해.

*

흰 바람벽 위에 얼룩이 내려앉았어요. 여긴 정수리에 주먹만큼 머리 빠진 남자가 보이는 방.

누가 이렇게 대못 쏟는 소리를 내나요? 얼룩에 그걸 박아주세요. 고정해주세요! 외치다가, 아니야, 나는 달아날 거야. 영영 날아갈 거야.

미끄러뜨렸던 내 목소리.

빈 정수리를 얼룩으로 덮어줘야 하지 않을까요?

불빛이 들어올 때마다 수목이 자라는 배꼽의 정원. 저 공터에 심어주고. 괜찮아요, 다정해요. 쓸어주고 싶은데.

연민은 나를 싫어해. 불쌍히 여기는 순간 얼룩이 통째로 덜컹거리고. 내 수목에서 잎맥이 도망치는데.

*

자다 일어나 우물우물 커튼을 씹는 아이가 보여요. 뜯겨 나갈 때마다 방바닥서 어둠이 움찔거리고.

얼룩은 베여나간 그늘인가요? 응달 속에 리클라이너 소파가 꾸려지고. 아까 그 남자가 아이를 끌어안네요.

어느새 머리에 말갈기가 자라난 중늙은이가. 몽유병에 걸렸나요? 둘이? 아니면 내가? 커튼을 식판에 올려놓고.

왜 안 먹는 거야. 씹으라고. 누군가 다그치는 소리가 들리는 사방.

커튼 펄럭이는 소리 들릴 때마다 우리 셋은 한 뼘씩 키가 자라고. 창밖엔 달려가는 사바나 얼룩말떼.

영영 달아날 운명이다! 역마살이다! 이 말이야. 그러면, 달아남을 차라리 집으로 삼을게요. 더! 더! 이 얼룩을!

마음에 들어라! 자고 일어나면 멋대로 이사가 있는 집이. 수도꼭지를 재차 돌리자 더듬이가 툭툭 떨어지는 경쾌한 리듬.

알파카의 세계

이 동물은 햇살을 담기 위해 길러집니다. 그 속엔 거울이 있고, 고원이 있고, 머리카락이 흘러내리고, 다시 바라보면.

안개 속입니다. 안데스 고원을 가로지르며. 날아가는 알파카. 흉곽에 구름을 충전하고 싶습니다. 손금이 달라질 때마다.

내비게이션을 켜듯 길을 잃고 싶어요. 등뒤를 더듬거리면 분명 문이 있는데. 열리지 않습니다.

병원에 갈래요. 엑스레이를 찍을래요. 내 속에 들어온 구름의 자잘한 속살까지 엿듣고 말래요.

뢴트겐 사진을 전구에 구겨 넣자. 창밖에 산맥이 펼쳐집니다. 뼈를 읽어주는 빛. 환함이 말을 겁니다.

귓속말을 바라보는 일. 어쩌면 늘 하는 일. 두근거림 속에 더이상 동참만 하고 싶진 않아요.

세상의 끝을 관람하고 싶었는데, 그게 알파카인 걸까요? 홍차를 마시면 가슴 안에 불이 들어오고.

엑스레이 속에 해가 떠오를 겁니다. 온 방이 타오를 겁니다. 물위에 불이 붙을 정도로. 눈이 멀 것 같은.

모두가 앞을 못 본다면 도리어 세상이 눈 뜬 일. 그때도 가로지른다면.

고기를 씹으면 눈 감아도 빛이 보이고. 이것은 오래된 중얼거림.

몽실한 머리를 보세요. 귀여움이고, 그러니 잔인함이고. ─
블랙홀을 예수라 믿으며 자신을 파고든 사람들처럼.

소용돌이칩니다. 사라지지 마세요. 모두 다 우연이니까.
알파카의 털 속으로 파도가 치고. 복슬복슬 물살을 들이마
시면.
이 거짓말은 전부 겪은 일입니다. 눈 뜨면 변기 위에서의
주절주절. 커피숍에서 안데스 고원으로. 새로워지라니 참
진부한 얘기였군요. 다시 눈 뜨면 으악으악.

알파카 공동체

블랙홀 법당(法堂)

블랙홀 불(佛)에게 머리를 조아립니다. 이곳의 경전은 노려보면 털이 자라고.

사라지기 위한 기도예요. 모든 게 필연이잖아요? 절을 드리는 또다른 알파카의 곁.

우릴 구우면 눈 감아도 빛이 보인대요. 혈관 속에 자리잡았다는 햇볕. 차라리 모두 흡수하고 말래요.

안데스 고원 법당에서 우리. 껑충껑충 네 다리로 합장하면서.

목이 귀엽다고요? 무거워 머리가 꺾이는데. 빛이 메탄가스처럼 새어나오는데.

어쩌면 세상 모두가 사이비 종교.

진짜 보이는 것만 믿고 있잖아요.

블랙홀 불은 지금 사춘기.

주변의 모든 걸 마시고 있고요. 바라보면 민트 향을 게워내는 배수구. 우린 아이스크림으로 구멍을 막은 채.

왜 자꾸만 살이 오르죠? 늦여름이 되면 두 다리 사이 무지개가 흐르고. 그만 좀 쳐다봐요. 귀엽다고요?

어쩌라고요? 두통이 두드리자 등 위에 자라는 나무. 붉은 잎이 소용돌이칩니다. 온몸이 빨려들어갑니다.

구원해주지 마세요. 어둠을 독경하며 스스로 먹히는 우리의 오체투지.

페스츄리 공원

구름이 페스츄리처럼 쌓입니다. 겹겹이 내려앉아 공원의
벤치가 되고.

드러누우면 파삭 소리를 내는 의자. 향긋한 냄새가 지나
칩니다. 알파카들은 참는 걸 몰라요.

침이 막 고인다고요. 쓸어내릴수록 발효가 되는 부위가
있단 얘기. 벤치가 입에서 가루로 쏟아지는 순간.

일곱 빛깔 무지개는 필요 없어요.

다 태운 무지개빵이나 가져다줘요. 까마귀에게나 선물하
려고요. 몽실한 꿈도 집어치웁시다. 먹을 거. 아니면 만질
수 있는 것을.

알파카를 잔뜩 쌓아 만든 샌드위치가 보여요. 극락인가
요? 지옥인가요? 아무것도 아닌가요, 우리는?

안데스 조현증. 희박해진다는 건 말이죠. 목이 조인다는
것. 더 흥미로운 부위는?

힘껏 씹으면 페스츄리 향이 나는 어둠.

두 갈래로 머리 땋은 알파카 인형이 보이고. 입이 벌어집
니다.

누가 수놓았어요? 그 안엔 진짜 우리들의 혀.

슬픈 젖꼭지 동맹*

까마귀떼가 젖꼭지 속을 가로지른 지 이미 오래되었습니다. 우리가 햇살을 담기 위해 필요하다니?

흉곽 안엔 빛나는 전선이 너덜거리고. 오그라든 발톱이 다시 자라는 가슴.

쭉 패배하고 싶을 뿐이에요. 올라갈수록 숨 막히는 고원. 더 높은 곳에서 울면. 오히려 내리꽂히는 기분.

젖꼭지를 어루만지며. 슬픔의 회오리 속을 단지 자맥질하는. 점점점점의 우리들은.

이 동맹은 망하기 위해 존재하고.

배수의 진 따위는 아니죠. 젖꼭지를 떼어 점점의 교각으로 강물에 잇대는 순간.

우리 숫자는 정말 많다고요. 상상 초월. 알파카를 외치는 순간. 침대 밑으로 복슬복슬 개천이 흐르는 것도 몰라요?

다리를 무너뜨려도 상관없어요. 앞니로 손금을 뜯어낼 때마다. 눈앞에선 뗏목이 한 대씩 미끄러지고.

내비게이션을 끄듯 이제 길을 찾고 싶어요.

개판? 아니 알파카판 치면서. 우린 세상의 암순응. 젖꼭지에 전기가 흐르면요.

———

* 슬픈 젖꼭지 증후군(Sad Nipple Syndrome).

———

3부

변연계

—Nothing About Us Without Us

영원과 녹즙

죽으면
내 귀신 절반엔 푸른 물이 들어 있을 것이고
나머지 반은 그 물드는 소리에 젖어 있을 것인데

아침나절
베개 밑이 퍼런 채소 냄새에 스며들어간 적 많았다

체리 몰딩 오래된 장판
녹즙을 흘려놓고
옆에 하염없이 누워 있었다

흘러가는 소리와 냄새
돌봐주고 있었다

내 바닥의 눈동자가 되어주던
검녹색의 즙
부지런한 팔과 다리
다리와 팔과 몸의 힘찬 나아감
떠올리고 있었다

베란다
죽은 친구가 두고 간 화분은 뿌리가 깊은 쌍떡잎식물
두 개의 그늘이 흔들렸다

부딪치는 소리가 흘러들고 있었다

다리나 팔의 털 따위를 뽑아
이파리와 함께 갈았다
녹색에 섞여 들어가는 검은색 잔털들

착즙기에선 털과 채소가 함께 갈아지는 소리
물이 되었고
고요나 영원 같은 것도 갈아버리면 녹즙이 될 수 있는지

의아함도 점성 강한 즙이 되었고
흰색 작은 냉장고엔
한 번도 마시지 않은 조용한 음료병이 가득찼다

사람은 단순했고
사람의 삶은 도무지 단순해지지 않아서*

온종일
바닥에선 녹즙이 말라비틀어지는 소리

하루치의 영원
나는
틀린 사람으로 계속 남고 싶었다

* 곽백수, 〈파견체〉.

기분의 중력과 부력

혀를 질끈 깨물면 햇살의 방향이 달라지고
좋아
좋구나, 라고 발음하는 일만으로 기분에 부력이 돈다
정신병원에 갇혔던 스무 살 병상이 꼬리 치며 사라지는
뒷모습

그때, 꼬리는 의지랑 무관하게 헤엄쳤다
몸통이 꼬리에 매달려
수많은 물속을 여행 다녔지, 포식자를 피해 온 가족이 도
망간 외할머니의 수조, 쉬는 시간이면 몰려와 날 때리는 물
고기들, 어항을 빙빙 도는 정신병에 걸렸던, 스무 살 폐쇄병
동, 나를 둘러싼 부모의 동공, 그 물살과, 지느러미 사이로,
힘차게 헤엄쳐 다녔지.
꼬리짓이 더욱 세게, 왜 나에게? 몸통의 의문과 꼬리의 운
동은 먼 곳, 온몸이 경쾌한 리듬을 그리다가.

어느 날 바라던 바처럼 땅으로 걸어올라와
두 팔, 두 다리로 살게 되었다
하지만 이상하지, 밤마다 창밖서 끈적이는 즙이 흘러들고

천장에 아가미가 달렸어, 어느새 주억거리는 소리 속
수없이 많은 비늘이 쏟아지기 시작하면
그때의 몸에서 걸어나갔고, 결국의 꼬리에게, 왜 그랬어,

— 그런 여행을 왜 떠나게 했어, 파문이 되돌아오는 결속
　평범하게 잠이 들었지만

　그러나 그날엔
　커튼을 순식간에 젖힌 아침인데도
　볕이 주춤거리며, 일렁거리며, 망설이는 파도처럼 밀려
들었지
　동틀녘 육지에 올라온 생선이
　제 안의 초점을 조금씩 되찾는 모습을 보았듯이

　이제 헤아릴 수 있어
　물고기였던 사람의 기분엔 언제나 중력과 부력

　침대에 누워 또 한번 혀를 깨무는 거야
　그러면 침대 속 남아 있던 물결이 출렁거리고
　좋은 게 뭔데? 까먹고 살면 안 돼? 그런 중얼거림도 꼬
리 칠 수 있지

　죽어가던 비늘이 태양을 향해 솟구치고, 보여
　우릴 둘러싼 것 중 가장 강한 중력을 가진 저 별
　태양 곁엔 늘 쏟아지는 비늘
　눈부신 물결 속에서
　외할머니와 함께 등을 마주대고 잔 밤과, 그런데도 무사

히 졸업하던 날의 기억, 강박당한 나를 둘러싼, 다정한 폐쇄
병동 환우들, 어느새 꼬리가 그곳을 헤엄치고
　잊고 있던 기분의 중력이 나를 계속 끌어당기면

　아니야, 역시 오늘은 기분이 좋아
　발음하며
　날 뒤덮은 비늘을 하늘로 솟구치게 해
　그들은 하늘에 침잠하고, 짙푸른 아침 물살의 색을 빚어
내지
　창공, 내 기억으로 출렁이는 수면
　다시 혀를 질끈 깨물면

자화상

정성스레 가꾼 붓에서 분뇨가 흘러내린다. 의사는 그것은 병이 아니라 했다. 오물을 칠해놓은 화폭에 자꾸 아름다운 사람이 시작되는데. 병실 밖에 내가 쫓은 개들이 찾아와 발자국을 버려놓는데. 병은 그것이 아니라 한다. 발자국 속에서 천 곡이 넘는 찬송가가 동시에 틀어지고.

의사가 건네준 엑스레이를 보고 따라 그린다. 어제는 채혈 봉투로 염색했고 오늘은 맨손으로 대걸레를 감겨주었다. 모두 달려와도 난 지금 양호한 편이라 한다. 내 머릿속엔 두 개 이상의 두개골이 있다. 한 번 고민해도 두 번 이상 두통이 온다.

나는 한 명으로 구성된 중창단. 아침마다 세면대에 중얼중얼 혼잣말 뱉고 저녁엔 밥 주는 목사님을 끌어안았다. 심장이 제대로 뛸 땐 악을 지른다. 머리에 닿는 혈관엔 강박을 당해야 떠오르는 색깔들. 내 두개골 근처엔 교회당이 있는 게 분명해.

난 신보단 나를 잘 그리는 편이다. 의사는 괜찮다 괜찮아 괜찮다 연신 고개를 주억거리고. 새빨간 병원 로비엔 순식간에 자화상이 걸린다. 모여든 사람들이 손뼉을 친다. 이렇게 아름다운 대걸레는 처음 보았다고. 짝짝. 짝짝짝.

평범한 일 1

대학 병원에 혼자 있으면 아픈 사람보다 평범한 것에 눈길이 갑니다. 삼십 분에 한 번씩 입구로 들어오는 좌석버스. 더듬더듬 길을 가르쳐주는 늙은 의사. 입원했을 때가 떠오릅니다. 혼자 로비에서 TV를 보는데, 분명 꼴찌였던 우리 축구팀이 결승전에 올라가 있었습니다. 놀라서 소리를 질렀습니다. 내가 또 발작하는 줄 알고 사람들이 달려왔는데, 그때 골대 안으로 공이 들어갔습니다. 순간 모두 그 광경을 쳐다봤으나, 반칙이었습니다. 고장난 에스컬레이터를 밟고 지하로 내려왔습니다. 조그맣게 가꿔놓은 정원. 키 낮은 나무들이 에워싼 의자에 앉아 있습니다. 어떤 시는 나뭇잎이 무게 없는 타격을 당하고 있다 적었습니다. 하지만 적어도 병원의 나무들은 뜻 없고 상냥함, 아무것도 아님, 또는…… 따위를 가꾸고 있다 적고 싶습니다. 휠체어를 끌고 가던 사람이 오늘 점심은 뭐야? 물으며 지나갑니다.

그리고 여기 환자로 병원에 와 바라보기만 하는 사람이 있다. 자기 차례가 오면 진료받으러 일어설 것이다. 병원의 다른 모든 평범함이 일어서듯.

토마토가(家)의 홈 파티

부적을 파내 안을 수영장으로 쓰기로 한다.

부적은 마당에 사뿐히 내려앉아 네모난 수영장이 되고. 파티를 열기로 해요. 불운한 아이들을 모조리 데려와서. 무당은 하지 말라 했다. 천천히 바깥으로 걸어나간다.

정원 나뭇가지가 모두 나한테 하지 말라 했다. 베벌리힐스의 아이들처럼요. 만들어주고 싶어요. 앞으로 찾아올 날을 점지하던 소리. 하지 말라. 하지 말라. 가득 채운 물속에서. 삼각팬티만 입고.

더 깊이. 토마토가 너무 많이 들어 있어 놀랐지. 가라앉고. 저주를 반으로 자르고 난 뒤 보여지는 단면. 눈을 감았다. 눈꺼풀 밑 두 개의 열매 속. 차오르는 건. 이곳엔 물을 채워보고 싶었는데도. 어쩔 수 없이. 두 팔 두 손으로 내저으며.

내 등에 나 자신을 떠밀어. 미용사가 되라는 얘기를 들었다. 가위를 들고 철컥철컥. 아니면 그거 말고. 정육점을 하라고.

날붙이와 친한 친구들이 많았다며 무릎을 탁 쳤던 이유는? 무릎 안쪽에서 아직도 그 악 소리가 들리는 이유는?

마당 가운데 네모난 구멍이 뚫린 것 같다. 가슴 가운데 구멍으로 사람을 넣었다 빼는 자. 토마토가 쏟아지는 자.

　그 구멍으로 젤리를 삼키는 귀신을 보았어요. 썹을 때마다 번개가 치던 골목. 나는 내가 아닌 것 같았고. 망설인다. 수영장이잖아. 고작 수영장. 점점 온몸이 붉어지는데.

　창밖엔 비명을 지르며 달아나는 배달 오토바이. 쌀알을 흘려 점을 치는 눈보라. 가득 내려온다.

　두드림과 엿보기. 백 년 치 가까운 토마토가 하늘에 떠 있고.

평범한 일 2

내 가장 오래된 일기 가운데 죽은 강아지가 누워 있는 건 평범한 일.

해바라기 동물병원에서 망치를 든 석고상이 걸어오는 일도. 시든 발목에서 자라는 꽃가지. 산 자의 핏줄 다발 같은 그걸 멍하니 지켜보는 것도.
평범한 일.

누가 올려둔 혓바닥입니까?
죽은 꽃잎입니까.
매일 한 장씩 쌓고 있습니다.
검은 혓바닥에 다른 혓바닥을 데려오는 일.
돌기를 긁어내면 흩어지는 잿가루. 어두운 구취를 바라보는 일에 대해.

키우던 반려동물이 폭행을 당하고 동그라미의 낮잠을 자는 와중에.
여보세요?
우리 애는 물지 않았겠지만 저는.

젖은 구름을 잡아당기면 동물 꼬리 쏟아지고요. 빗줄기가 되어 골목에 마구 흘러다니고요.

그렇게 적혀 있는 글자마저도 이젠 평범한 일.

꼬리와 꼬리가 엉키는 건 어깨동무한다는 뜻이라 하는데.
일기 속 상처는 특권이지만,
역시 평범한 일.
내 가장 근래의 일기장 귀퉁이에 멍하니 정박한 채. 한 동
물의 갈빗대 안쪽으로 볕이 밀려드는 걸 바라보면.

죽은 강아지가 추켜세우는 등허리.
평범한 일.
절망 이후에 기어코 다정할 수 있다는 사실은 말이에요.

잇자국이 깊숙이 포개지고 있어요.

약 봉투를 씹는 식탁

약이 아니라 그 봉투를 복용해요. 어떤 날에 종이를 삼키면 입속에 주사위가 굴러다녔고.

엊그제엔 혀가 그만 뱀 꼬리가 되어버렸죠. 가만히 있어도 분주한 나의 몸.

의사에게 달려가 물어보는 건, 언제나 더 잘 앓는 법.

삼키기엔 눈보라 휘날리는 청색 종이가 제격이고요. 봉투를 꼭꼭 씹으면.

복사뼈 아래부터 비행기 이륙하는 굉음이 들려요. 다리가 나를 놔두고 또 어디 갈 건가봐요.

아무것도 변하지 않았는데, 그래서 다 잘못된 거래요.

입김으로 다른 사람의 입김을 벗겨내듯. 조심스럽게.

봉투를 불어봅니다. 한 겹씩 뜯기 알맞아지는 걸. 바라보기만 해도 냄새나는 빛이 보이고.

복용 방법이라 적혔던 글씨들이 떠올라 주변을 감싸요. 이게 제가 쌓은 탑인가요.

공덕인가요. 글자는 계단이 되고, 한 층씩 밟아올라가는데 도리어 내리꽂히는 기분.

전신이 느낌표가 된 것 같아요. 주사위를 퉤퉤 뱉어 다음 행로를 예언해보았죠. 달은 달에게 밀린다.

나는 나의 시그니처가 될까. 뱀자리의 불빛이 깜박거린

다. 눈이 다시 떠지면.

약 캡슐을 열고 알갱이를 떨어뜨립니다. 그 소리에 귀 기울입니다. 귓바퀴가 맴돌고 있어요.

소용돌이치고 있어요. 오색 프리즘이 떨어지는 귓구멍. 절벽을 날아오르는 것 같은.

바로 이런 때 내가 완벽해지는 것 같고. 식탁 위에 놓인 봉투를 천천히 씹어 삼킵니다.

우물거릴 때마다 입술이 검은색 향료가 되고. 구취 가득한 잿가루.

눈 감으면 가루 떨어지는 뱃속. 어루만지면 파문이 밀려드는데. 저는 어느새 식탁을 복용할 것 같은 자세로.

평범한 일 3

내가 뱉은 가래침이
부엌 창문에서 하루 내 미끄러지는 것처럼

평범한 일

검은 곰팡이 수놓은 좁은 부엌 한편에
실망한 사람의 손자국이 있고

국자와
양은 냄비와
쿠첸 팔 인용 밥솥을
소중한 사람으로 돌보다가

사모했던 일로
적어도 몹시 갈구했던 일로
만들다가
다 내다버리는

평범한 날

귀 기울이면
내가 뱉은 침이 투명한 물이 되어 창밖을 적시는
빗속에서

천 개의 손이 흔들리는 소리가 건너오는

위력이 넘치는 세상에선
무력이 오히려 다행이라던

악수인지
인사인지 모를 손의 소리가
하늘 먹색 곰팡이를 뚫고 정확히 쏟아지는데

빗줄기가 밖을 적시다보면
온통 줄기가 세상을 다 가려버리고

볼 수 없다는 건
어두운 까닭이 아니라
마음이 마음으로 가득차 있기 때문이란 걸 알아버리는

그런,
평범한 날

사람에 실망했으므로
나는 더욱 사랑스러울 것이지

믿음 한 줄기로

내다버린 가재도구
굳이 빗줄기를 피하지 않는 어떤 날

빗줄기를 오래 겨눈 혀가
물거품이 되고

부엌은 마침내 해일이 되어 몰아닥치는

중간

빗을 때는
그의 중간을 생각하고야 만다

구름의 보풀
아득한 물줄기거나 휘발되는 물냄새
고여서 썩거나
마침내 흘러들거나
흰 눈의 미세한 알갱이

찾아낼 것이니
찾아갈 것이니

공원 벤치 위
몸의 가장 먼 곳부터 흘러내리고 있다
사라지고 있다
흩어지는 허연 눈바람을 맞다보면

사람을 만들 수가 없어
빗을 수도
헤아릴 수도
눈곱을 떼어줄 수도

함부로 손을 마주잡자고

—　결심할 수 없는
　헬러윈의 옹색한 골목길에서

·다시

　하얀 빛
　성기고 얽힘
　희미하고
　도시가스처럼 흘러다니는
　백야의
　동명이인
　나를 제외한 모든 하얀색
　소중했다

　마른 나뭇가지 끝에서
　시작되는
　손끝에서 식물의 냄새 맡아지는 사람이었다

　나는
　앞으로 살아갈 날과
　이제껏 살아온 날의
　중간

—

두 손을 맞잡으면 흘러가는 기분이 있다
기분의 소리가 있고
볕과 색이 마저 남아 있다

그 작고 성긴 조각이
되다니
사람이

아직은 녹지 않았다
아직은 흩어지지 않았다

뭉친 눈덩이
언젠가 미래의 산에서
아득하고 컴컴한 눈사태를 불러일으킨다

평범한 일 4

부적을 입에 물자
쌍꺼풀이 붉게 물들고 맙니다

그러니 저는 여전히 정신병자를 잘 알아봅니다
가을의 수수꽃다리 귀신이
여름의 다른 수수꽃다리 귀신을 알아채는 일처럼

물조리개 속 스며들어버린 볕의 영혼이
조리개 작은 구멍에서
알알이 쏟아지는 것처럼

그 물방울과 방울 사이에
무수히 많은 볕의 씨알들이 빛나고 있을 때

썩은 수수꽃다리 꽃대 옆
연하고 무른 낮이 느슨하게 기울고 있으며
오후는 지독한 냄새가 나고
목숨이란 귀한 것이라는데

수수꽃다리 둥치 하나만
생각의 정오에 우두커니 멈춘 대낮입니다
볕과 냄새
삶이 아름답다는 오래된 믿음을 소중히 여기면

귀신의 삶이 외로워지고
나의 팔 바깥에서 나의 팔 안쪽으로 흘러들어오는 것들
제외된 삶의 이파리를 바라봅니다
흔들립니다

생각의 정면에서
바라보면
서른세 갈래로 쪼개지는 볕

옹이의 얼룩을 누르면
온 이파리에 환하게 불이 들어오고

부적을 재차 입에 물자
흰자에 번져나가는
홍색 무늬

이 모든 것이 평범한 일

종이 부적
주사(朱沙)로 적힌 글씨를 따라
사람의 노래가 불타오릅니다

4부

Make Your Death

탈모 예방법

나의 장래희망
버스 바닥에 엎질러진 아저씨의 가발이 되는 것
흐느적
탈모를 예방하라니
무슨 말이야
다 빠져버려야 더이상 빠질 게 없다고
벼락 맞은 뒷담은 가으내 기른 풀포기를 몽땅 잃었고
동병상련이라니 레트로한걸
우리가 미움을 돌보지 않는데, 미움이 우리를 돌보기 바
라?
낡은 담장의 벽돌을 뜯어내
뽑아버리자
네가 온다면 내주고 싶어
빠진 머리카락을 모아 만든 티백
함께 차를 마시고 거실 바닥에 침을 뱉자
청록색 덩어리들
왜 그러냐 물어봐줄 필요는 없어
침을 뱉으면서
침을 뱉은 자리에 침을 또 뱉고 침을 더 뱉고 침을 칵 뱉
으면서
운명이란 말을 믿는 거야
이루어질 거라 생각하지 않으니까
명명백백해지는 몸과 마음으로

빠져버리자 머리머리

머저리들아

손 비비면 겨울 그림자의 찬 냄새 맡아지고

너 같은 새끼는 꼬부라질 거야, 머리털도 다 빠진 채

축하합니다, 기도가 이루어졌군요!?

내가 싫다니 다행이야

미움이 나를 밝힐 테니까

털이 빠졌을 뿐인데

불빛이 들어오는 두 손

빈 정수리에 부적을 붙이고 기도를 드려

이루어지는 예언도 있잖아

한때 우리집 고양이와

한때 우리집 고양이였던 르미(9세/중성화)는 이제 결혼한 누나의 집에 있다.

그 집은 남의 집은 아니지만, 이제 우리의 집도, 나의 집도 아니다. 하여, 한때 우리집 고양이였던 르미는 그 무슨 고양이라고 부르기 애매해졌다.

남의 집 고양이는 아니지만, 나의 고양이는 아닌. 그렇다고 누나만의 고양이라고 부르고 싶지는 않은, 무언가. 무언가라 말할 수밖에 없는.

우리도, 남도, 무엇도, 어딘가도, 어디에선가도 아닌.

그래. 무언가 고양이.

나를 보며 경계하는. 털을 한껏 곤두세운. 주황색 털 뭉치. 그래. 무언가로 말이다(그것도 잔뜩 성이 난).

나는 누나의 집에서 그 무언가 고양이를 몇 달에 한 번(때로 몇 년에 한 번) 만나곤 한다. 그는 나를 볼 때마다 실눈을 휘둥그레 뜬다.

조그만 초승을, 둥근 만월로 고양시키고 만다. 그 표정은 마치.

네가 왜 여기 와 있느냐. 죽은 줄 알았는데 도대체 네가 어떻게 살아 돌아왔느냐.

내 마음 깊은 곳에서 체념하고, 잊고 묻었는데. 그리워하다가. 내가 결국. 그렇게 해버렸는데.

어떻게 이 집의 철문을 열고 다시 살아 들어올 수 있는가(배은망덕한 새끼).

이런 걸 고양고양 물어보는 질문처럼 보인다.

주황색 질문이 둥그렇게 밀려들어오고. 나는 졸지에 죽었다 살아난 사람이 되어서.

휘적휘적 팔다리를 뻗는데.

문득 야옹이 귀신의 감정을 이해하고 만다. 그래. 나는 왜 여기에 있는가. 주황색 털 뭉치의 경계 앞에서. 한때 우리 집 고양이였던 그 뜨거움 앞에서. 나는 왜. 도대체. 무언가. 누구인가까지.

그래. 나는 결국 그런.

왜, 도대체, 무언가, 누구인가 사람이 된다.

대체 왜 여기 있는지 모를, 왜, 도대체, 무언가 사람.

그래. 죽었다고 생각한 이가 대문을 열고 들어온다면.

나도 필시 그자를 노려보고 말겠지.

내 키의 몇 배나 되고, 목소리가 크고, 수염이 자라 있고, 다소 늙어버린. 그 쓸쓸한 거인을.

한낮 태양을 뚫고, 심지어 나를 몹시 갈구하는 표정으로, 사랑을 표하며 들어오는 그를.

고양이는 귀신을 정말 본다고 하니. 나와 혼령을 구분하지 못하는 것일 테지.

이를테면, 내가 누나와 대화를 하거나, 사소한 투덕거림을 반복하면 무언가 고양이는 비로소 누나 집 고양이로 변신해 그릉대기 시작한다.

산 사람과 대화할 수 있다는 것이 산목숨으로서 가장 중요한 증명이라 여기는 것처럼.

그러면 나는 도대체 왜 인간에서 누나의 동생으로 돌아오고 만다.

그때쯤 나는 내 쓸쓸함이 무언가가 되는 걸 보고 만다.

무언가의 내겐 영원히 나를 경계할 고양이가 필요하고.

그것은 어쩌면 한때 우리집 고양이.

우리집에 데려오기 전까지 을지로 길바닥을 헤매고 다니던. 작고 헝클어진 보풀에 불과했던. 잿빛과 주황색과 심장박동의 얽힘. 바람과 먼지의 결연.

무럭무럭 자라던. 증식하던. 확산해내던.

이젠 세상에 없는 한때 우리집 고양이. 그 고양이가 나를 보며 영원히 털을 곧추세우고 있다고 생각하면.

한때 우리집 고양이는 나에게 질문한다.

너는 왜 가는가.

가고 있는가.

나 르미(1세/남아)는 여기 성남 작은 두 칸 집에서 여전히 노란 식빵을 굽는데.

너는 왜 지금 거기 가는가.

묻고 있어서.

야옹.

한때 우리집 치즈 고양이가.

나의 무언가 사람에게.

스팸 선언문

저는 스팸에 유서를 써요. 어쩌면 이건 죽음 위에 새로운
죽음을 눌러 적는 일.
선홍빛 살에 글자를 쓰면 소금 냄새 감도는 코끝.
부엌을 물결이라고 받아 적으세요. 파도라 외친다면 통조
림으로 되돌아오는.

왜 자꾸 밀려나고 싶지요? 어릴 땐 백오십 살까지 살고 싶
었다니까요. 푸른 거목. 마흔아홉 만 잎의 결의.
통조림 햄을 많이 먹으면 그 통조림만큼은 살 거라 믿었
던 시절에.
뚜껑 따는 소리에 맞춰 골목이 쏟아지네요. 제가 걸어가
고 있어요. 캔에 반사되는 전등 빛으로.

제 유통기한이 그보다 길 줄 몰랐으니까요. 스팸을 썰어
오세요. 적어야 할 말은 모자람이 없고.
명절 세트째로 들고 와도 상관은 없지요.
스팸. 사람의 살빛을 닮은 색인데요. 나의 유언이 당신 팔
위로 자연스레 옮겨 적힌다면.

모든 착각은 의도입니다. 부디 몸에 나쁜 것으로 살아요.
이제 나쁜 것으로만.
두꺼운 팔뚝에 날 선 캔 뚜껑 들이밀면.
자잘한 솜털이 일어나는 소리. 닭살이 돋아나면서 살려

― 고 하는 그 소리.

맛과 죽음은 차라리 같은 것.

이 스팸을 통에 다시 넣을 수 있다면? 죽은 뒤에도 제 유언은 살아 있을까요?

모든 유서는 편지잖아요. 백 년 전 유리병에 담긴 화란인의 유서가 서해 어딘가로 오는 일처럼.

푸른빛 스팸 캔이 건너간다면. 문득 열어버린 까닭으로 시작되는 요리가 있다면.

―

수박 만드는 사람

수박에 한 땀씩 검은 별을 꿰는 사람.
아니, 아무것도 없는 허공에 햇볕을 박아 넣으며.
수박을 만들어버리는 사람.

줄무늬가 수놓아지는 둥근 허공. 그 사이사이로 차오르는
녹색 껍질. 곡선을 쓰다듬으며 미약하게 흔들리는 손끝이.
줄무늬 속에 스며들고 있는 모습을 본다. 줄무늬 자체가
되어가는 것을. 굽은 등이 수박의 둥근 궤적이 되어버리고.
안쪽으로 들어가며. 속에 중얼거리며.
꼭 무언가를 수박 안에 담아야 하는 것처럼. 어둡게 늘어
지는 말꼬리가. 아삭거리는 속살을 빚어내며. 온몸이 그대
로 파고들며.
그이의 핏줄은 수박 속에 연결되고. 안쪽에 붉은빛이 맥
박 치고. 수박 속에 두근거림이 생기고. 그 사람의 온몸이.
제가 그린 껍질 안에 아득히 갇혀버리는데.

물에 젖은 손등이 어두운 빛을 빨아들이고.
우리가 적어야 하는 수박들이 있습니다.

빛을 쐬면 조용히 바람이 들이차는 부위가 있고.
수박을 먹지 않는 방식으로. 입이 아니라 손으로. 아니,
손등 밑 지나친 힘줄. 끈질김과 집요함. 신경질과 짜증. 일
종의 히스테리. 또는 들뜸. 디스코와 트랩 스타일. 노랫말

— 과 흥얼거림으로.

　수박을 대해본다면.

　이 과일은 우리의 엉망진창.

　수박의 전체가 아니라 아주 작은 줄기를 다룹니다. 아니, 줄기가 아니라 끝의 솜털. 솜털이 아니라 털 속 이상한 얼룩 하나에. 얼룩 밑 흐르는 작은 피톨 하나까지에.

　수박의 가장 작은 단위부터 집중하는 사람이 되어.

　수박을 가르는 순간 우리는 무엇을 하는 것입니까.

　쑥 하고 들어가는 칼끝.

　바닥에 떨어지는 물.

　수박을 집어든 순간. 손끝을 지나 몸의 깊숙한 어딘가로 당도한 축축함. 우리 손금 위에 스며드는 물의 손길이.

　느껴집니까. 주변을 둘러보면 방안이 타오르듯 붉습니다. 햇볕이 예리하게 날을 세웠습니다. 집을 둥글게 벗겨내려 합니다. 창문에 쑥 하고 들어오는 노을이.

　검은 씨앗 속에서 천천히 몸을 일으킵니다.

　푸른 노트 위에 씨앗을 하나씩 놓아봅니다. 박살난 마침표들이. 와장창 부서지며 줄기를 맺을 때.

　노트가 수박밭이 되고. 아삭아삭 걸어가는 소리가 나면. 혀끝을 거기에 올려놓은 채.

언젠가 철골을 드러낸 채 이 집이 무너질 때.

수박으로 우리가 무슨 짓을 했는지 그제야 알게 됩니까.

Make Your Death

고무 아령을 감자 칼로 깎아요
서슬 퍼런 빛
먹을 건 다양할수록 좋지 않아요?

베일수록
도무지 아령이라고 믿을 수 없는 모습이 되는데요
국물을 우리니
지독한 냄새와 검게 그을린 색을 흘리는데요

새로운 식재료는 새로운 요리법을 발명하지요
놀라운 죽음이 놀라운 삶을 만드는 것처럼

손으로 반죽한 구름이 헬스장 창가에 앉아 있고
멧새 한 마리 가로등에서 항문에 힘을 주고 있어요
괄약근으로 컴컴한 번개가 몰아닥치고 있어요

세상 모든 것이 먹을 것이지요
그게 좋은 뜻이겠어요?

먹는다니요
칠월의 습기가 운동기구에 주황색 곰팡이를 피웁니다
마침내
눈 감으면 머릿속까지 가라앉는 물감 같은 포자들

사람을 아직도 믿느냐는 질문엔
아령을 끓인 국을 내려놓습니다
먹는다는 말의 공포, 먹겠다는 말의 헤아림, 먹었다는 말
의 거친

불길하게 살아남아요
녹색 볕이 하릴없이 녹슬고 있는 바닥
곰팡이를 어루만지면
그 자국이 팔에 옮겨지는데

저는 맛있습니까?
맛,
혀로 가닿는 선량한 죽음

오늘 나의 종교는
내가 끓인 국그릇 하나

양자역학적인, 겹장

오른쪽 귀로 에스파의 노래를 들으며
왼쪽 귀엔 SES의 노래를 틀지

하늘에서
만 개의 혓바닥이 컴컴하게 내려닥치고 있다
저물녘 하늘로
밤의 하늘이 쏟아부어지고 있다

그때
구름은 어두운 침샘
한 방울씩 떨어진 어둠이 옹기종기한 골목을 거머쥐면은

서울
오패산의 동네
고소하고, 또 짭조름하지
간장의 방식
한 방울
음 하나에 또다른 음을 겹쳐 올리는

당신이 나를 좋아한다거나
나를 당신이 증오한다거나
두 개의 다르거나 동일한 모든 음계에 대해

나는 대단한 믿음이 없다
신념도 없다
어제 산책한 공원을 오늘 다시 산책하는 일상

걸음 위에 걸음을 붓고 쌓아올리면
발자국이 찰랑거리는 소리

어제의 그림자 위로 오늘의 그림자가 포개지고 있다
가능한 오늘

오른쪽 귀에서는 광야가 펼쳐지고
왼쪽 귀에선 꿈의 커튼이 펄럭거린다

두 개의 다른 귀가 하나의 몸이라는 건 이상해
오백 년 전에도 서울이 있었다는 게 신기한 것처럼
오패산공원
달의 항아리
어둠이 고여드는 간장독
어떤 양자역학은 시간을 부정하지
하지만
나는 과거와 현재와 미래가 있다는 사실을 사랑하는 까
닭에

— 겹장
   메주가 메주를 반겨주고 있다

   당신이 내 왼쪽 귀에 오른쪽 귓바퀴 소용돌이를 옮겨 붓
는 시간에

그 자체로 완전한 맛소금

맛소금을 찍어 먹는 모임에 갔다.
흰 눈보라 내리는 유리그릇.
오직 맛소금만을 뿌린 채 아무런 곁들임 없이 먹는 모임이
었다.

어제의 맛소금은 성주 오이 냄새가 나는군요.
콜롬비아 커피콩이 젖을 때의 색이 돌고요.
그렇구나.
그렇게 되었니.
사람들은 미역국에 담겨 있는 해초들처럼 고개를 저었다.
오늘도 맛소금을 먹었고, 어제도 맛소금을 먹었고, 언젠
가의 미래에도 맛소금을 찍어 먹겠지만.
똑같은 맛의 소금인지는 알 도리가 없었고.
나는 그릇 안에 알갱이가 몇 개인지 낱낱이 세겠다고 결
심은 했지만.

오늘의 맛소금은 두려운 수박처럼 줄무늬가 생길 것만 같
군요.
여름인데 왜 시원해야 할까요.
비겁한 일 아닙니까!
그렇구나.
그렇게 생각하고 말았구나.
사람들은 미역국에 담겨 있는 소고기처럼 둥둥 떠다니는

― 얼굴이 되었다.

　모임장은 늘 맛소금을 챙겨왔고.

　맛소금이 담긴 병의 디자인은 변하지 않았고. 그것은 상하지 않았고. 냄새, 맛, 그것이 소금이라는 사실, 조미료라는 것도.

　아무것도 달라지지 않았지만.

　누군가는 맛소금은 건강에 좋지 않다고 점잖게 타일렀고.

　다른 누구는 맛소금과 건강의 유해성은 검증된 적이 없다고 긴 논증을 시작했고.

　나는 손가락부터 맛소금이 되어가고 있었다.

　후두두.

　그렇구나?

　그렇게 여겨지고 있었던 거구나?

　누군가는 맛소금을 입에 머금고 눈보라가 되어 유리그릇 너머까지 달아나고 있었네.

　그를 배웅해주고 싶었던 것은 사실.

　맛소금.

　내일, 모레, 아니 내년, 십몇 년, 백몇 년 뒤에도 변함없이 상하지 않을 이 맛소금.

　그런 생각이 들기도 했지만.

―

나는 미역국에 담긴 조개처럼 입을 꽉 다물어보았다. ─

그 안에 진주를 물고 있는 것처럼.
맛소금을 씹고 씹어 은빛 알갱이를 만드는 어패류처럼.

─

망고가 아닌 모든 이유

망고를 태운 부드러운 재.

칠흑의 가루 곁에 누워 생각한다.

세상의 어떤 볕은 망고에 매달려 그대로 과육의 색이 되지만. 그 빛이 과일의 유일한 색인 것처럼 한사코 맺혀 있지만.

태웠을 때는 그저 검구나.

태양이 어떻게 끝날지 알 것 같다. 이건 우주 한 알의 색.

귓속에 어두운 설탕이 쏟아진다. 한 번도 닿은 적 없지만, 영원히 오간 어떤 지옥이.

검은색. 오히려 남국의 바다를 떠올리게 한다. 적도 아래. 혀를 내밀면 자오선이 녹아내리고. 소금기와 물빛. 혀뿌리부터 옮겨 적히는.

바다 밑엔 늘 몇 점의 어둠이 가라앉아 있다. 머릿속 꼭 세 개나, 네 개 이상은 들어 있는 누군가의 해골처럼.

그때 나의 기분은.

두통약이 밀려들어올 때 내 두통의 마음. 백사장에 닿아 꺼져가는 포말의 심경.

망고를 온 가지에 매달고 썩히는 나무를 본 적도 있지. 지나치게 익은 과실은 뚝뚝 물을 흘리고.

처음 보는 종의 개미떼는 항문이 노랗게 젖어 있다. 줄지어 잇닿는 그 행렬은 햇빛이 벌레가 되었다고 할 수밖에.

버켄스탁으로 긴 줄을 짓밟을 때. 저마다 다른 명도로 빛나는 솜털만큼의 볕이.
바삭바삭 부서질 때.

심장은 뛰고. 두근거림에 맞춰 몸에서 무언가 새어나왔다. 파도처럼 흩어지는 벌레떼.
그때 벌레는 부드러운 물. 그래, 과육의 성질.
망칠수록 익어가는 부위는 어디에나 있었어.
망고나무가 내 정수리에 자신의 물을 흘리고 있을 때. 순간 달콤해지는 고민들에게.

불을 붙일 수 있었다. 머리칼 한 올, 한 올이 타들어가는 게 느껴지고. 달콤하고 유려한 재가 되어갈 때.
두피마저 부드럽고 따뜻한 재로 변해갈 때.
그건 내가 내 생각들에게 적어내린 답장. 결심이라 말하진 않겠다.

평범한 사람의 불행이 내게 닿지 못한다는 것. 평범한 사람의 행복도 결코 내가 맛볼 수 없다는 얘기.
머리엔 망고 굴러가는 소리. 내가 타오르는 한 그루 망고나무일 적에. 이건. 망고가 아니어야 하는 모든.

민트초코가 유행이라서

치약을 넣고 라면을 끓입니다
유행이라면 뭐든 해보고 싶으니까요
제겐 적당한 동질감이 필요할 뿐
치약에게도 따뜻함은 필요하지 않겠어요?

국물까지 마셔도 죽진 않을 거예요
한때 흰 국물 라면이 유행일 때도 있었잖아요
이 면을 마지막으로 저도 퇴장할게요
꿈이 생기고 말았잖아요
민트초코의 결정타를 날리겠다는 야심까지가,

라면을 들고 지하철에 탈 거예요
가스버너에 불을 지피고 역무원이 출동할 때까지
흰 연기 피어오르는 눈앞에서
도시 괴담처럼 살아남는 거죠
화가 날 때마다 저는 이를 닦던 사람
칫솔과 치약에게 성을 내던 사람
민트초코가 유행이라니
치약에게 용서를 구할 기회가 온 게 고마울 따름
이제 위장은 잘 닦인 치아처럼 번쩍일 테고
참신하다는 말은 모욕적일 뿐

치약 라면이라 해서 칫솔을 들 필요는 없죠

논리적일 필요가 없는 곳에서
젓가락을 들고 치약 거품 속으로
하얀 구멍 구멍의 더 구멍 밑으로

자꾸 그렇게 곁눈질하지 말아요
세상에 대한 안목이 생겨버릴 것 같잖아요?
한 가락도 나눠주지 않을 거예요

가만히 있을 수 없는 가만히 동호회

가만히 멈춰라.
그 말을 들은 순간부터 시작된 동호회.

가만히 멈춘다는 건 무엇인가요. 멈추는 것과 가만히 멈춤은 무슨 차이일까요.
먼지떨이를 쓸어내리며 생각했습니다.
수백 갈래 머리털을 쥐어뜯으며 고민했습니다. 먼지떨이로 사람을 때리면 회초리가 되고요. 먼지떨이로 반찬을 집으면 젓가락이 되는데.
가만히 멈추면 가만히가 무엇이 되지요?

요를 펴면서도 생각했어요.
이불로 나를 돌돌 말아 쥐는 사람아. 김밥 놀이를 시키며 내 숨을 사라지게 하는 사람아. 어머나.
오이의 기분은 희박하구나? 그래서 안쪽이 창백하구나.

그대여.
내게 가만히를 명령한 그대야말로 가만히의 명수.
타르트를 파는 저 세탁소를 보아요.
가루가 떨어져요. 옷걸이엔 밀가루 포대가 잔뜩 걸려 있답니다. 세제 대신 흰 가루 쏟아지고.

왜 우리는 항상 가는 곳만 가야 하나요?

이 세탁소에 온 손님은 아무도 다시 오지 않습니다. "이렇게까지 새하얀 건 필요가 없어요!"

그런데 당신만이 매일 저 세탁소에 옷을 맡겨요. 검고, 푸른 옷마저 희게 만드는 저 세탁소를.

완벽한 하얀색을.

가만히는 그렇게 꾸준한 일. 늘 하는 것을 늘 반복하는 일. 그런데 제게도 가만히라니요?

가만히를 일생 기르면서 가만히를 가만히 가르치는 당신.

제자리에 멈춰 맹렬히 돌아가는 세탁기 군단.

진정한 의미의 세탁에 대해.

당신은 알고 있었고.

당신이 찾아온 옷가지는 타르트가 되었고. 포도 향이 나고. 어떨 때는 빳빳한 쿠키의 감촉이 제 목젖 안쪽으로 깊숙이 들어오고.

가만히 있어.

그 말이 제 유년을 하얗게 탈색하는데.

발버둥.

토악질. 새하얀 구토물의 겨울. 가만히 동호회가 발버둥으로 완성되고야 마는데.

가만히에게 편지를 씁니다.

가만히야.

― 나는 한 번도 너 같은 종류의 가만히는 원한 적 없어. 나 혼자만으로 충분한 가만히 동호회.

가만히 부르는 순간 가만히 있던 그림자가 떨어져나가고.

제 털을 가만히 기르던 먼지떨이가 부서져버리고.

벽에 가만히 스며들고 있던 제 등이 제 척추에서 떨어져 나가서.

사방이 저로 가득한.

동호회라기보다는 가만히 의회에 가까워집니다. 가만히 로 구성된 제국일지도 모릅니다. 가만히. 가만히 다가오는 비명에 대해.

가만히 나라의 폭군으로서 명령합니다.

꺼져.

가만히 꺼져.

세상 모두가 일제히 발버둥친다면, 진정한 가만히가 완 성되는 것?

시속 칠백 킬로미터로 달아나는 가만히 국민들.

도저히.

도저히.

결정적으로 나는 가만히 있게 되는 겁니다.

코끼리가 없는 코끼리 유치원이나 마찬가지예요.

―

코끼리가 들어오는 순간 알게 되는 거죠.

우리가 무엇을 동경했는지.

육중한 네 다리와.

유치원을 기둥째 뿌리 뽑는 압도적인 코.

우리 귀여움이 바라왔던 파괴적이고 절대적인 힘.

그대여.

가만히 멈추라고요?

가만히야.

나는 나의 가만히를 끌어안습니다.

가만히의 기다란 코가 내 목을 살며시 조릅니다.

아, 가만히.

그리하여 우리는 가만히 있을 수가 없는 가만히 동호회.

해설

예속된 언어를 구출하기

최선교(문학평론가)

"양자역학에 따르면// 누군가 들여다보는 순간 물질은 하나의 상태로 고정되어버린다고". 「양자역학적인, 인어」에 등장하는 이 진술은 "물끄러미 들여다보려는" 시선이 기필코 대상에게 영향을 미치며, 회칼을 내리쳐서 인어의 머리와 몸통을 분리하는 순간 그 직전까지 인어가 품고 있었을 신비로운 가능성이 "통조림용 생선의 일부로 변해버"린다는 잔혹한 원리를 담고 있다. 매운탕 국물 속에서 양념 범벅이 되어 초라한 최후를 맞는 인어는 어떠한 '것들'을 묘사하는 과정에서 경험하는 (양자역학적인) 불가능성과 절망감을 상징한다. 이런 일은 시인의 전유물이 아니다. 어떤 수단(문자, 음성, 몸짓 등)을 사용하여 자기 마음의 표정을 그려내야 하는 누구나 "왜 항상 잘못한 것 같지요?"(「히노끼 욕조의 피날레」)라는 물음이 떠오르는 난처한 순간을 기어코 경험한다. 지금 이 단어는 내가 생각한 개념을 적절히 설명해주는 것인가? 또 이 목소리의 높낮이는 내가 느낀 슬픔을 알맞게 전달하는가?

　　여러 고심 끝에 선택한 단어, 문장, 어조 등이 무엇을 얼마나 정확하게 나타냈는지를 따져보면 열 번 중에 아홉 번은 형편이 없다. 때로는 어떠한 방법으로도 나의 슬픔을 '정확하게' 전달할 수 없다는 사실로 인해, 도리어 느낀 감정을 부정해버리는 선택을 하기도 한다. 이토록 보편적인 절망감, 인어(불확정성의 아름다움)를 매운탕(고정된 초라함의 상태)으로 만들 수밖에 없는 운명의 최종 목적지는 언제나 강박이다. 변윤제의 시집에서도 이런 종류의 강박이 군데군데 발견되곤 한다. 하지만 무엇을 정확하게 표현해내는 일이 얼마나 중요할까? 적어도 변윤제의 시집을 여는 첫 시 「내일의 신년, 오늘의 베스트」에서는 "슬픔이 꼭 훌륭해야 할 필요 없잖아요"라는 말로 이미 그것이 주된 관심사가 아님을 분명하게 드러내고 있다. 「비송식 체조 교실」에서는 "체조를 반복할수록 체조의 무언가를 왜곡하는" 상황을 짚으며, 의도가 있는 행위를 할 때마다 느끼는 뭔가 잘못된 것만 같은 근원적 불편감을 인식하면서도 다음과 같이 적는다. "비송식 체조라는 점에서 귀엽잖아요. 우리의 선율이. 표현해내고자 하는 방식이. 사랑스럽잖아요. 불가피하게 사랑에 빠졌다는 이 말인데요."

정수리에 잎 그림자 몰아치는 날
슬픔이 꼭 훌륭해야 할 필요 없잖아요

버려야 될 빗들 화병에 꽂아놓고
새로운 방식의 꽃다발을 만들어요
털 가닥이 쏟아지는 구름
무너지는 겨울 장마의 한편을 헝클어뜨릴 계획이니까요
단정해지는 건 싫어요
당신의 말에 따라 두 갈래로 갈라졌던 길
예측할 수 있는 모든 가르마에 대해

차라리 밀어버리자고요

　　　(……)

　　　내일은 신년이니까
　　　어제도, 내일모레도, 그제의 그제도 실은 전부 신년이
니까
　　　매일 버릴 수 있는 또다른 빗이 놓여 있고
　　　그건 우리의 죽은 숲
　　　새로운 떼의 동물이 매일 현관 앞에 죽어 있어요
　　　꼬리가 지평선만큼 긴 흰쥐
　　　벼랑을 입에 문 갈색 강아지가
　　　매일이 선물이 아니라면 뭐지요?
　　　그 선물이 반드시 좋다는 뜻은 아니지만요
　　　우린 노을빛을 스스로 만드는 사람
　　　죽은 동물을 우리 밖에 풀어버리세요
　　　새로운 떼를 간직하는 골목들

　　　그래요, 저는 내년에도 사랑스러울 예정입니다
　　　　　　　　　　　—「내일의 신년, 오늘의 베스트」 부분

　"슬픔이 꼭 훌륭해야 할 필요 없잖아요"라는 선언은 이를
형상화하는 이미지들을 통해 한 편의 시로 완성된다. 빗으

로 머리를 단정하게 빗는 대신에 구름에서 털처럼 쏟아지는 "겨울 장마의 한편을 헝클어뜨릴 계획"을 세우고, "버려야 될 빗들"로는 "새로운 방식의 꽃다발"을 만든다. 원래 용도에서 이탈하는 이미지들을 따라가다보면 앞서 언급한 지극히 보편적인 절망감은 조금씩 중요하지 않은 문제처럼 여겨진다. 이 와중에 "매일 현관 앞에 죽어 있"는 동물들이 다가오는 한 해의 성격을 미리 점치기 위한 상징으로서 기능하는 것들이라는 사실이 눈에 들어온다. 아직 오지 않은 시간을 앞질러 예측하는 상징의 숨이 끊어졌다. 이것은 선물인가? 선물이 아닌가? 시에서는 '선물'이 '죽은 동물'로 그려지며 선물이라는 말이 으레 연상시키는 '좋은' 상태에서 독자를 미끄러뜨린다. "그 선물이 반드시 좋다는 뜻은 아니지만요". 보기 좋게 빗나간 예상을 놀리는 듯한 이 어조는 변윤제의 시에서 종종 발견되는 것이다. 슬픔이 꼭 훌륭할 필요가 없다든가, 선물이라 표현했다고 해서 반드시 좋다는 뜻이 아니라는 능청스러운 지적은 변윤제 시집 특유의 리듬을 만들며 "적당히 우스워지며 실패를 사로잡는 법"을 실현한다. "그래요, 저는 내년에도 사랑스러울 예정입니다" 같은 결론은 마치 명랑 만화 주인공의 대사처럼 "예측할 수 있는 모든 가르마"를 헝클어뜨리며 경쾌하게 튀어오른다. 심리적 긴장이 탁 풀어지는 듯한 이런 결론에서는 웃음이 난다. "사람에 실망했으므로/ 나는 더욱 사랑스러울 것이지"(「평범한 일 3」). 제 길을 벗어난 의미들은 웃음을 겨냥

하며 통상적인 의미에서의 '실패'를 새롭게 꾸며낸다. 실패를 성공으로 바꾼다는 말이 아니라, 실패를 새로운 방식으로 발화한다는 말이다.

논리를 과감하게 날려버리며 의미를 탈선시키는 것은 웃음의 작동 원리이기도 하다. 하지만 변윤제 시집의 유머에 주목하는 일은 모종의 죄책감을 동반한다. 깔깔 유머집으로 농담을 외우는 사람이 유머러스한 사람이 될 수 없는 것처럼, 어떤 상황이 웃기는 이유를 설명하는 일이 성공할 리 없다. 시인의 농담을 분석하는 것은 결국 그의 농담을 실패하게 만드는 일이 될 것이다. 그럼에도 이 시집의 유머가 작동하는 조건을 들여다보면서, 그의 유머가 기존의 상태나 질서를 어떤 방식으로 받아들이고자 하는지에 주목할 필요가 있다.

유머를 구사하는 사람은 질서에서 벗어난 상태뿐만 아니라 질서에 구속된 상태가 무엇인지를 동시에 인식해야 한다. 아무 거리낌 없이 질서를 이탈하는 사람이나, 질서를 이탈하려는 마음이 조금도 없는 사람에게 유머는 아무런 효력을 발휘할 수 없기 때문이다.* 서로 다른 방향으로 향하는

---

* "완전히 고결한 인간은 완전히 악랄한 인간과 마찬가지로 웃지 않을 것이다. 전자는 애초에 불경한 감정을 품지 않을 테고, 후자는 금지의 힘을 인식하지 못할 터이므로 그것을 위반하여 넘어서는 데서 오는 특별한 전율을 전혀 느끼지 않을 것이다." 테리 이글턴, 『유머란 무엇인가』, 손성화 옮김, 문학사상사, 2019, 34쪽.

힘을 동시에 인식하는 팽팽한 긴장감은 변윤제 시집의 리듬
감을 만든다. "고정해주세요! 외치다가, 아니야, 나는 달아
날 거야. 영영 날아갈 거야./ 미끄러뜨렸던 내 목소리."(「우
리의 명랑한 얼룩무늬」)

「기분의 중력과 부력」에서 폐쇄병동에 갇혔던 기억은 화
자를 어두운 과거로 무겁게 가라앉게 하지만 "의지랑 무관
하게" 헤엄치는 꼬리의 비유에서 느껴지는 리듬은 거침없
다. 물체를 아래로 끌어당기는 중력과 이를 거슬러 물체를
떠오르게 하는 부력이 팽팽하게 힘을 겨룬다. 언제든 과거
가 떠오를 때마다 속수무책으로 그 시절로 끌려가면서도,
시의 끄트머리에 이르러서 "날 뒤덮은 비늘"이 하늘로 치
솟으면 마치 바다와 하늘이 뒤바뀌는 듯한 이미지의 역전
이 일어난다. 이다지도 역동적인 회고의 순간은 "포식자"나
"폐쇄병동"이 암시하는 무거운 과거의 중력에 반하여 활달
한 리듬으로 가득하다. 어두운 과거로 끌려내려갔다가도 이
내 밝은 곳으로 솟구치는 중력과 부력의 힘겨루기가 반복되
면서, 변윤제의 시는 반짝거린다.

*

한편 시집의 2부에 이르러 느닷없이 알파카가 한 무더기
로 등장하기 시작하면 여기서 공통된 의미를 읽어내고 싶
은 유혹에 사로잡힌다. 왜 알파카인가? 이는 지극히 단순

한 궁금증일 수도 있고 의미를 찾아내고 싶은 비평적 욕망일 수도 있다. 그러나 '알파카'라는 소재와 연결되는 맥락이 시 안에 전혀 없다. 알파카를 개나 돼지, 소 따위처럼 특정한 상징으로 접한 경험 역시 있을 리 없다. 아무 맥락 없이 등장한 것처럼 보이는 알파카는 실제로 모든 맥락에서 자유롭다. "슬픔이 꼭 훌륭해야 할 필요 없잖아요"라는 말이 예측을 벗어나는 의미에 대한 예고였다면, '알파카'는 그것이 해석되어온 기존의 방식 자체가 없기 때문에 예측을 '벗어난다'는 것조차 성립되지 않는다. 만약 정부의 탄압 정책에 반대하는 사람들이 길거리에 알파카 사진을 들고 나선다면, 어떤 이유로 이들을 체포할 수 있을까? 알파카 사진이 시위에 등장하는 순간, 그것은 어느 정도 저항의 상징이 될 수도 있지만 한편으로 모든 맥락에서 자유로운 알파카는 그냥 알파카일 뿐이다. 알파카는 알파카를 상징한다. 만약 경찰이 알파카 사진을 들고 있는 사람을 체포하여 죄를 묻는다면 "고개를 갸웃" "귀여운 표정으로 도망"(「못된 알파카 친구들에게」)치면 그만인 것이다. 이처럼 2부에 수록된 '알파카' 연작은 '알파카'를 단일한 의미 체계로 포획하려는 시도를 번번이 실패하게 한다. 어떤 맥락에도 사로잡히지 않는 알파카는 심지어 스스로 알파카가 아닐 수 있다는 가능성에도 초연하다. "내가 알파카가 아니라면?/ 아닌 거죠, 뭐."(「알파카 부인의 안데스—나는 신이 아픈 날 태어났습니다」)

변윤제 시집에서 묘사되는 '알파카'는 의미가 발생하기 직전의 무의미한 기표 상태를 자처하는 듯 보인다. 자꾸만 도망치는 알파카를 읽어내기 쉽지 않은 이유가 이것이다. 그러나 알파카를 결코 붙잡을 수 없다는 사실을 깨닫는 순간이 바로 알파카를 제대로 읽어낸 순간일지도 모른다. 애초에 알파카는 누군가 단독으로 점유할 수 없는 장소인 것이다. 의미가 개입하기 전까지 그것이 '텅 비어 있다'고 말하고 싶지만, '텅 비어 있다'는 것은 그 안에 담긴 것(혹은 앞으로 담길 것)을 아직 알지 못한다는 표현의 다른 말일 수도 있다.

무언가 메시지 담긴 건물을 자꾸 요청하셨잖아요. 어차피 그건 못 지었고요.
짜잔, 저희가 바로 메시지입니다. 여물을 우물거리면 흰색 종소리 퍼지는 두 눈.

(……)

돈은 안 주셔도 되겠습니다.
지금부턴 구멍이 우리 회사 주식. 양보할 수 없겠어요. 차라리 사장님도 알파카가 돼보시는 건 어떠신가요?
간단합니다. 알파카! 하고 외치면
온몸에 구멍이 뚫리고요. 복슬복슬 털이 자란다고요.

거북목 척추가 일자로 펼쳐지는 소리. 머리를 잘 쥐어

뜯는 자세.

몽실한 안개 안경을 늘 쓰고 다니는 사람. 이미 우리 복슬 건축 노하우를 익히고 계신 거예요.

여기가 바닥이라고 생각될 때. 차라리 밑으로 파고 내려가는 기술을.

이빨을 딱딱거리면 누런빛이 풀려나가는 주둥이. 아, 잠시만요. 벌써 그렇게 알파카인 척 굴진 말고요.

—「주식회사 알파카 건설」부분

처음부터 "무언가 메시지 담긴 건물"을 지을 생각이 없던 알파카들은 "짜잔, 저희가 바로 그 메시지입니다"하며 등장한다. 언어학에서 '기표'라는 개념은 우리가 보거나 들을 수 있는 구체적인 문자나 음성을 의미한다. 이를 겉으로 드러나는 형식이라고 볼 수도 있는데, 이러한 형식 '내부'에는 특정한 의미가 담긴다. 그렇다면 "무언가 메시지 담긴 건물"은 '알파카'의 존재 양식과 상반된다. '알파카'는 구체적인 외적 형식을 가졌음에도 의미를 유추할 수 없다는 이유로 마치 의미가 담기지 않은, 텅 비어 있는 형식처럼 묘사되기 때문이다. 그런 알파카들이 만들어낸 것은 "깊은 구멍"이다. 숨겨진 의미를 찾으려고 할수록 그곳이 비어 있다는 사실을 발견하게 되는 일은, '알파카'가 "사라질수록 완성되는 우리들의 건축 기술"로 지어졌다는 사실을 증명한다. "깊은 구멍"은 알파카라는 기표의 무의미함과 다를 바

없다.

그러나 알파카들의 뻔뻔한 말과 행동은 무의미하다든지, 텅 비어 있다는 말을 다시 생각하게 한다. 그것이 아무런 의미를 담고 있지 않다면 결국 알파카가 아닌 무엇이 등장하더라도 상관이 없지 않은가, 하는 생각이 드는 순간 알파카는 "아, 잠시만요. 벌써 그렇게 알파카인 척 굴진 말고요"라는 말로 우리를 저지한다. '알파카'라는 기표(형상)가 아무런 의미를 담고 있지 않다는 사실은 그것의 무의미함을 증명하는 것일 수도 있지만, 오히려 "무언가 메시지 담긴 건물"처럼 아직 의미가 담겨 있지 않기 때문에 무엇이든 될 수 있다는 뜻이기도 하다.

예를 들어 'ㅎ(히읗)'이라는 자음을 생각해보자. 한글 자모의 열네번째 자음인 'ㅎ'을 반복하면 웃는 소리나 모양을 나타낼 수 있다. 반복된 'ㅎ'에 웃음의 의미를 부여하지 않으면 'ㅎㅎ'는 그저 'ㅎ'이라는 자음이 두 번 나열되었다는 상태에 불과하다. 하지만 정말 기분이 좋을 때, 할말이 없을 때, 심지어는 누군가를 비꼬고 싶을 때도 'ㅎ'을 반복할 수 있다. 이것에 의미가 담길 수 있다는 가능성을 알게 된 순간부터 'ㅎ'은 거의 모든 방식으로 읽힐 수 있다. 그렇다면 사회적 코드를 부여하기 전까지 아무런 의미를 갖지 못한다는 말은, 뒤집으면 그것이 '거의 모든' 상황에서 '거의 모든' 의미가 될 수 있다는 말인 것이다.

더군다나 'ㅎ'의 반복이 모든 종류의 웃음이 될 수 있다는 것은 내가 의도한 단 하나의 방식으로 'ㅎ'을 사용할 수 없다는 뜻이기도 하다. 누군가는 'ㅎㅎ'을 '흐흐'라고 읽지만, 누군가는 '헤헤'라고 읽을 수도 있기 때문이다. '알파카'가 영원히 코드화될 수 없다는 말은 '알파카'가 무엇으로든지 코드화될 수 있다는 말이며, 이 말인즉슨 '알파카'는 누군가 의도한 단 하나의 방식을 결코 따라가지 않을 것이라는 뜻이다. 텅 빈 기표는 무력하지만 변윤제는 어떠한 기표가 특정한 맥락에 의해 예속될 수 없다는 사실을 반복적으로 암시하며 이로부터 발생하는 힘을 강조한다. "귀엽다고요?/ 어쩌라고요?"(「알파카 공동체」)

앞서 말했듯이 슬픔이나 절망은 시인의 전유물이 아니지만, 시인은 시인의 방식으로 그것을 다루는 방법을 찾는다. 언어는 시인의 방식이며 변윤제는 바로 그 방식을 사유함으로써 존재를 가두는 모든 종류의 힘에서 벗어날 수 있는 방법을 생각한다. 2부의 부제인 '알파카 공동체'가 한 마리의 알파카(단수)로 완성될 수 없듯이, '알파카'라는 기표가 단하나의 의미로 예속되지 않기 위해서는 그것을 최대한 다양한 방식으로 읽으려는 독해가 요청된다. 읽는 사람의 수만큼 다양한 의미가 개입할 때 비로소 시가 아름다워지듯이, '공동체'라는 말이 암시하는 정치적이고 사회적인 연대가 완성되는 방식 역시 이와 크게 다르지 않다. 변윤제는 '알파카'라는 텅 빈 장소를 제공하며 반드시 한 명분 이상의 몫이 개입될 때만 비로소 완성되는 시적인 정치성, 정치적인 시성(詩性)을 그려내는 것이다.

*

한때 우리집 고양이였던 르미(9세/중성화)는 이제 결혼한 누나의 집에 있다.

그 집은 남의 집은 아니지만, 이제 우리의 집도, 나의 집도 아니다. 하여, 한때 우리집 고양이였던 르미는 그 무슨 고양이라고 부르기 애매해졌다.

남의 집 고양이는 아니지만, 나의 고양이는 아닌. 그렇다고 누나만의 고양이라고 부르고 싶지는 않은, 무언가. 무언가라 말할 수밖에 없는.

우리도, 남도, 무엇도, 어딘가도, 어디에선가도 아닌.

그래. 무언가 고양이.

나를 보며 경계하는. 털을 한껏 곤추세운. 주황색 털 뭉치. 그래. 무언가로 말이다(그것도 잔뜩 성이 난).

나는 누나의 집에서 그 무언가 고양이를 몇 달에 한 번(때로 몇 년에 한 번) 만나곤 한다. 그는 나를 볼 때마다 실눈을 휘둥그레 뜬다.

조그만 초승을, 둥근 만월로 고양시키고 만다. 그 표정은 마치.

네가 왜 여기 와 있느냐. 죽은 줄 알았는데 도대체 네가 어떻게 살아 돌아왔느냐.

내 마음 깊은 곳에서 체념하고, 잊고 묻었는데. 그리워
하다가. 내가 결국. 그렇게 해버렸는데.

어떻게 이 집의 철문을 열고 다시 살아나올 수 있는가
(배은망덕한 새끼).

이런 걸 고양고양 물어보는 질문처럼 보인다.

주황색 질문이 둥그렇게 밀려들어오고. 나는 졸지에 죽
었다 살아난 사람이 되어서.

휘적휘적 팔다리를 뻗는데.

문득 야옹이 귀신의 감정을 이해하고 만다. 그래. 나는
왜 여기에 있는가. 주황색 털 뭉치의 경계 앞에서. 한때 우
리집 고양이였던 그 뜨거움 앞에서. 나는 왜. 도대체. 무
언가. 누구인가까지.

그래. 나는 결국 그런.

왜, 도대체, 무언가, 누구인가 사람이 된다.

대체 왜 여기 있는지 모를. 왜. 도대체. 무언가 사람.
　　　　　　　　　　　　　　—「한때 우리집 고양이와」 부분

한때는 "우리집 고양이"라고 부를 수 있었던 고양이를 이
제는 무엇이라 불러야 할지 모르겠다는 고백은 이 시집이
하나의 의미로 봉합되지 않는 상황을 받아들이는 방식에 관
해 설명한다. "우리도, 남도, 무엇도, 어딘가도, 어디에선
가" 중 어디에도 소속되지 않는 고양이는 결국 "무언가 고
양이"로 호명된다. 이 시의 묘미는 화자가 오랜만에 만난 고

양이에게 낯선 기분을 느끼는 것만큼이나, 고양이의 입장에서도 화자가 죽었다가 살아 돌아온 사람처럼 느껴질 수 있다는 사실에 주목한다는 점이다. "졸지에 죽었다 살아난 사람이" 된 화자는 자신 역시 "무언가 고양이"와 다를 바 없는 난해한 존재임을, 그리고 "무언가 고양이"를 무엇으로 부르고 이해해야 할지 모른다는 사실을 되받는다. "무언가 고양이"라는 미확정 상태는 호명의 난감함을 넘어서, 그것 앞에 서 있는 존재를 "대체 왜 여기 있는지 모를, 왜, 도대체, 무언가 사람"으로 만들어버린다. '무언가'가 어떤 맥락에도 예속되지 않은 채 존재할 수 있다는 사실은 도리어 그것을 해석하려는 자의 위치를 위태롭게 한다.

변윤제의 시집에서 종종 신체가 변형되는 순간은 재현과 해석의 권한을 가진 자의 위태로운 위치에 관한 자기 인식을 반영한다. "오늘 기억은 비색 다기 세트./ 생각의 집을 짓다 우연히 발견한./ 가루로 박살내 약물에 타 넣었다. 한 입에 털어 마셨다./ 것들./ 포자처럼 팔 위에 일어나는 무늬."(「것들」) 변형은 외부의 자극으로부터 스스로의 형태를 유지하지 못해 생기는 현상이므로 존재의 취약함을 증명하기도 한다.

그러나 이러한 취약함에서 가능해지는 재현의 방식은 때로 가장 적절한 것이 된다. 가령 「수박 만드는 사람」은 변윤제가 대상을 묘사하면서 발휘하는 감각을 함께 느껴볼 수 있는 한 편의 환상적인 기록이다. "우리가 적어야 하는 수박들"을 옮기려는(묘사하려는) 순간 발현되는 약간의 강박과, "쑥 하고 들어가는 칼끝"이 쩍— 하는 소리를 내며 "몸의 깊숙한 어딘가"를 갈라놓는 듯한 또렷함. 정신을 차리고 보면 어느새 자신을 둘러싼 공간이 직전까지 자신이 묘사하던 대상 그 자체가 되어버린 순간의 압도감 등이 단정한 방식으로 날뛰고 있다.

변윤제는 이처럼 다양한 방법으로 맥락에 예속된 말들을 구출하고자 한다. 그것이 의미를 이탈하며 웃음을 만들어내는 것이든, 텅 빈(그러나 모든 것으로 가득찬) 기표 그 자체의 제시이든, 실패를 사로잡는 방식으로 사랑스러워진다. 그러다보면 시집의 마지막에 놓인 「가만히 있을 수 없는 가만히 동호회」에 이르러서는 결국 스스로 움직이는 말들을 목격하게 된다. 이 움직임은 "어떤 양자역학"의 맥락 앞에서, 그러니까 정체를 확실히 알 수 없어도 중압감을 느끼게 되며 마치 나의 모든 것을 이미 결정해버린 듯한 그 힘 앞에서 "하지만"이라는 말로 자신이 사랑하는 것을 냅다 끌어안아버리는 사랑스러운 말하기 방식으로 인해 가능하다(「양자역학적인, 겹장」).

데뷔작이기도 한 「가만히 있을 수 없는 가만히 동호회」에서 변윤제는 한국에서 2014년을 지냈던 모든 이들에게 동일한 사건(맥락)을 떠올리게 하는 '가만히'라는 말을 끈질기게 반복한다. 특정한 맥락을 떠올릴 수 없었던 '알파카'와 달리, 꼼짝없이 체포된 '가만히'라는 말을 곱씹고 또 곱씹는다. 그러고 있으면 체포되었던 '가만히'의 의미가 서서히 풀려나기 시작한다. "가만히야./ 나는 한 번도 너 같은 종류의 가만히는 원한 적 없어." 예속되었던 '가만히'가 "가만히야"라는 사랑스러운 호명으로 인해 하나의 주어가 되는 순간, '가만히'는 스스로 움직인다. "가만히의 기다란 코가 내 목을 살며시 조릅니다." "코끼리가 없는 코끼리 유치원"이라는 문장에서 전해지는 귀여움과 달리 "유치원을 기둥째 뿌리 뽑는 압도적인" 코끼리가 실제로 등장했을 때, "우리 귀여움이 바라왔던 파괴적이고 절대적인 힘"을 체감하기 시작한다. 체포되었던 '가만히'가 직접 움직이기 시작할 때, 이 말은 그날의 기억을 묶어두려는 힘으로부터 달아난다. 심지어는 이 시의 해석을 '가만히 있으라'는 말이 발화된 그날로 봉합하려는 것조차 거부한다. 그럼으로써 영원히 끝나지 않을 것들을 끝난 일로 만들려는 온갖 예속으로부터 자유로워진다.

이 시집은 크고 단단하며, 그래서 어디로든 뻗어나갈 수 있는 힘을 순진하고 귀여운 표정 아래 숨겨놓았다. 이제 당신은 말들이 당신의 목을 조여오는 것을 느낀다. 누군가 구출하기 전부터 이미 말들이 스스로 움직일 수 있었다는 당연한 사실을 깨닫는다. 삶이 언어를 초과하는 것처럼, 언어 역시 삶의 맥락에 귀속되지 않는다. 변윤제는 이 말장난 같은 삶과 언어의 관계를 통하여 삶이 말에 잡아먹히지 않도록, 말이 삶에 잡아먹히지 않도록 한다. 삶의 시소 한편을 차

지하고 앉아서 한쪽으로만 기울어지려는 마음을 흔든다. 흔들리는 것은 아프고 어두운 과거의 기억에서 영원히 졸업할 수 없다는 예감일 수도, '알파카'라는 기표의 단 한 가지 의미를 찾고자 하는 욕망일 수도, 끝나지 않은 일을 기어코 끝난 것으로 만들려는 권력일 수도 있다. 변윤제의 시는 그 모든 것들이 들어올 수 있는 공간을 마련해두고, 무엇이든지 예측 가능한 단 하나의 방식으로 영원히 완성되는 것은 없다고 말한다. 이것은 실패의 고백이자, 고백하는 즉시 실패를 위로하려는 사랑스러운 마음이다. 이 마음은 어느 한쪽으로만 영영 기울어지는 일이 없는 시소처럼 내내 '가만히' 흔들린다.

변윤제 1990년 성남 출생. 시와 다양한 장르의 소설을 쓴다. 2021년 문학동네신인상을 수상하며 시쓰기를, 2022년 카카오페이지를 통해 소설쓰기를 시작했다.

문학동네시인선 205
저는 내년에도 사랑스러울 예정입니다
ⓒ 변윤제 2023

1판 1쇄 2023년 11월 29일
1판 3쇄 2024년 4월 22일

지은이 | 변윤제
책임편집 | 정민교
편집 | 정은진
디자인 | 수류산방(樹流山房) 본문 디자인 | 김하얀
저작권 | 박지영 형소진 최은진 서연주 오서영
마케팅 | 정민호 서지화 한민아 이민경 안남영 왕지경 정경주 김수인 김혜원
         김하연 김예진
브랜딩 | 함유지 함근아 고보미 박민재 김희숙 박다솔 조다현 정승민 배진성
제작 | 강신은 김동욱 이순호
제작처 | 영신사

펴낸곳 | (주)문학동네
펴낸이 | 김소영
출판등록 | 1993년 10월 22일 제2003-000045호
주소 | 10881 경기도 파주시 회동길 210
전자우편 | editor@munhak.com
대표전화 | 031) 955-8888 팩스 | 031) 955-8855
문의전화 | 031) 955-2696(마케팅), 031) 955-2653(편집)
문학동네카페 | http://cafe.naver.com/mhdn
인스타그램 | @munhakdongne 트위터 | @munhakdongne
북클럽문학동네 | http://bookclubmunhak.com

ISBN 978-89-546-9870-2 03810

* 이 책은 서울특별시, 서울문화재단 '2023년 첫 책 발간 지원사업'의 지원을 받아 발간
  되었습니다.
* 이 책의 판권은 지은이와 문학동네에 있습니다. 이 책 내용의 전부 또는 일부를 재사용
  하려면 반드시 양측의 서면 동의를 받아야 합니다.

잘못된 책은 구입하신 서점에서 교환해드립니다.
기타 교환 문의: 031) 955-2661, 3580

www.munhak.com

문학동네